U0907928

# 老残游记

·经典书香·
中国古典世情小说丛书

[清]刘 鹗 著

团结出版社

**图书在版编目(CIP)数据**

老残游记/(清)刘鹗著.—北京:团结出版社,2016.9 (2025.7重印)

ISBN 978-7-5126-4393-2

Ⅰ.①老… Ⅱ.①刘… Ⅲ.①章回小说-中国-清代 Ⅳ.①I242.4

中国版本图书馆CIP数据核字(2016)第199062号

**出　　版:** 团结出版社

(北京市东城区东皇城根南街84号　邮编:100006)

**电　　话:** (010)65228880　65244790(传真)

**网　　址:** www.tjpress.com

**E-mail:** zb65244790@vip.163.com

**经　　销:** 全国新华书店

**印　　刷:** 三河市明华印务有限公司

**开　　本:** 150mm*217mm　1/16

**印　　张:** 14

**字　　数:** 232千字

**版　　次:** 2017年1月第1版

**印　　次:** 2025年7月第3次印刷

**书　　号:** ISBN 978-7-5126-4393-2

**定　　价:** 49.00元

# 前　言

《老残游记》是中国文学史上一部杰出的现实主义题材作品。

刘鹗（1857—1909）字铁云，号老残，署名“洪都百炼生”，江苏丹徒（今镇江市）人，出身官僚家庭，其父刘成忠与李鸿章是同年进士，曾任京中御史、河南知府、道台。刘鹗自小聪明过人，但性格比较散漫，对所谓的杂学非常感兴趣，尤其醉心于医学、数学、乐律等，以至于“荒废时光”，屡试不第。刘鹗自青年时期拜从太谷学派南宗李光炘（龙川）之后，终生主张以“教养”为大纲，发展经济生产，富而后教，养民为本的太谷学说。光绪十四年（1888）至二十一年（1895），刘鹗先后入河南巡抚吴大澄、山东巡抚张曜幕府，帮办治黄工程，成绩显著，被保荐到总理各国事务衙门，以知府任用。二十六年（1900）义和团事起，八国联军侵入北京，刘鹗向联军处购得太仓储粟，设平粜局以赈北京饥困。三十四年（1908）清廷以“私售仓粟”罪把他充军新疆，次年死于乌鲁木齐。

《老残游记》以一位人称“老残”的走方郎中游历为主线，通过老残游历的见闻，呈现在读者眼前的是一幅活生生、凄惨惨的晚清民间疾苦图，在书中我们可以清清楚楚地看到晚清时期官场的昏庸腐败，以及人民深重的苦难，令人痛彻心扉。《老残游记》对晚清官场的鞭挞是非常深刻的，国人自古以来就对“清官”有着无法言喻的向往和膜拜，将清官称之为“青天大老爷”加以颂扬，而《老残游记》却对清官有着颠覆性的见解，提出“清官恶”这一新鲜的观点。鲁迅在评论《老残游记》时写道：“摘发所谓清官之可恨，或尤甚于赃官，言人所未尝言，虽作者亦甚自喜”。小说成功地塑造了两个“清廉得格登登的”酷吏典型——玉贤、刚弼。他们的“清官”“能吏”之誉，是以残酷虐政换来的。作家深刻地揭示出这些酷吏的可怕的精神世界，掩盖在清廉之下的是无比冷酷残忍与比贪黩更大的贪欲。老残一语道破：“只为过于要做官，且急于做大官，所以伤天害理的做到这样。”可见，作者对中国封建主义的官僚政治及其文化心态，作了相当深刻的透视和反思。

本次出版，对原书中一些错漏、笔误和疑难之处，分别做了校勘、修正和注释，以便于读者阅读。由于时间仓促，水平有限，其中难免有疏漏之处，望专家、读者予以指正。

编　者

2016 年 5 月

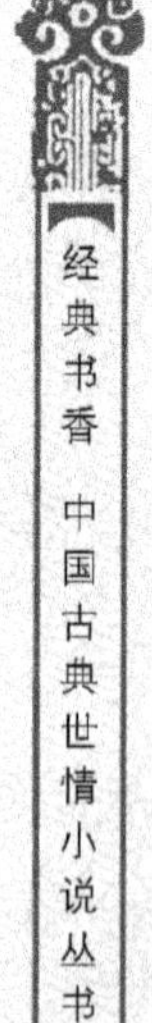

# 自 序

人生如梦耳。人生果如梦乎？抑或蒙叟之寓言乎？吾不能知。趋而质诸蜉蝣子，蜉蝣子不能决。趋而质诸灵椿子，灵椿子亦不能决。还而叩之昭明。

昭明曰："昨日之我如是，今日之我复如是。观我之室，一榻，一几，一席，一灯，一砚，一笔，一纸。昨日之榻、几、席、灯、砚、笔、纸若是，今日之榻、几、席、灯砚、笔、纸仍若是。固明明有我，并有此一榻，一几，一席，一灯，一砚，一笔，一纸也。非若梦为鸟而厉乎天，觉则鸟与天俱失也；非若梦为鱼而没于渊，觉则鱼与渊俱无也。更何所谓厉与没哉？顾我之为我，实有其物，非若梦之为梦，实无其事也。"

然则人生如梦，固蒙叟之寓言也夫！吾不敢决，又以质诸杳冥。

杳冥曰："子昨日何为者？"对曰："晨起洒扫，午餐而夕寐，弹琴读书，晤对良朋，如是而已。"杳冥曰："前月此日，子何为者？"吾略举以对。又问："去年此月此日，子何为者？"强忆其略，遗忘过半矣。"十年前之此月此日，子何为者？"则茫茫然矣。推之"二十年前，三十年前，四五十年前，此月此日，子何为者？"缄口结舌无以应也。杳冥曰："前此五十年之子，固已随风驰云卷、雷奔电激以去，可知后此五十年间之子，亦必应随风驰云卷、雷奔电激以去。”然则与前日之梦，昨日之梦，其人、其物，其事之同归于无者，又何以别乎？“前此五十年间之日月，既已渺不知其何之，今日之子，固俨然其犹存也。以俨然犹存之子，尚不能保前此五十年间之日月使之暂留；则后此五十年后之子，必且与物俱化，更不能保其日月之暂留，断断然矣。”

谓之如梦，蒙叟岂欺我哉？

夫梦之情境，虽已为幻为虚，不可复得，而叙述梦中情境之我，固俨然其犹在也。若百年后之我，且不知其归于何所，虽有此如梦之百年之情境，更无叙述此情境之我而叙述之矣。是以人生百年，比之于梦，犹觉百年更虚于梦也！呜呼！以此更虚于梦之百年，而必欲孜孜然，斤斤然，骎骎然，狺狺①然，何为也哉？虽然前此五十年间之日月，固无法使之暂留，而其五十年间，可惊，可喜，可歌，可泣之事业，固历劫而不可以忘者也。

夫此如梦五十年间，可惊，可喜，可歌，可泣之事，既不能忘；而此五十年间之梦，亦未尝不有可惊，可喜，可歌，可泣之事，亦同此而不忘也。同此而不忘，世间于是乎有《老残游记续集》。

鸿都百炼生自序

---

① 狺狺（yín yín）——狗叫的声音。

# 目　　录

## 老残游记

经典书香　中国古典世情小说丛书

# 第　一　回

## 土不制水历年成患　风能鼓浪到处可危

话说山东登州府东门外有一座大山，名叫蓬莱山。山上有个阁子，名叫蓬莱阁。这阁造得画栋飞云，珠帘卷雨，十分壮丽。西面看城中人户，烟雨万家；东面看海上波涛，峥嵘千里。所以城中人士往往于下午携尊挈酒，在阁中住宿，准备次日天未明时，看海中出日。习以为常，这且不表。

却说那年有个游客，名叫老残。此人原姓铁，单名一个英字，号补残。因慕懒残和尚煨芋的故事，遂取这"残"字做号。大家因他为人颇不讨厌，契重他的意思，都叫他老残。不知不觉，这"老残"二字便成了个别号了。他年纪不过三十多岁，原是江南人氏。当年也曾读过几句诗书，因八股文章做得不通，所以学也未曾进得一个①，教书没人要他，学生意又嫌岁数大，不中用了。其先，他的父亲原也是个三四品的官，因性情迂拙，不会要钱，所以做了二十年实缺②，回家仍是卖了袍褂做的盘川③。

---

① 学也未曾进得一个——没考上秀才。

② 实缺——清代定制，以额定之官职，经正式任命者为实缺，有衔无职的称为"候补"。

③ 盘川——路费。

你想，可有余资给他儿子应用呢？

这老残既无祖业可守，又无行当可做，自然“饥寒”二字渐渐的相逼来了。正在无可如何，可巧天不绝人，来了一个摇串铃①的道士，说是曾受异人传授，能治百病，街上人找他治病，百治百效。所以这老残就拜他为师，学了几个口诀。从此也就摇个串铃，替人治病糊口去了，奔走江湖近二十年。

这年刚刚走到山东古千乘地方，有个大户，姓黄，名叫瑞和，害了一个奇病：浑身溃烂，每年总要溃几个窟窿。今年治好这个，明年别处又溃几个窟窿。经历多年，没有人能治得这病。每发都在夏天，一过秋分，就不要紧了。

那年春天，刚刚老残走到此地，黄大户家管事的，问他可有法子治这个病，他说：“法子尽有，只是你们未必依我去做。今年权且略施小技，试试我的手段。若要此病永远不发，也没有什么难处，只须依着古人方法，那是百发百中的。别的病是神农②、黄帝③传下来的方法，只有此病是大禹④传下来的方法。后来唐朝有个王景得了这个传授，以后就没有人知道此方法了。今日奇

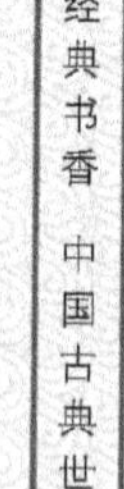



① 串铃——道教方士行医时引人注意的用具，也作为“走方郎中”通用的标志。

② 神农——神农氏，中国古代传说中农业和医药的发明者，又号炎帝。

③ 黄帝——传说中中原各族的共同祖先。

④ 大禹——夏朝的开国君王，又称夏禹。神话传说我国远古时代洪水泛滥，人民不能安居，禹受舜命，十三年间历尽艰苦，疏通河道，治平洪水。

缘，在下倒也懂得些个。”于是黄大户家遂留老残住下，替他治病。说也奇怪，这年虽然小有溃烂，却是一个窟窿也没有出过。为此，黄大户家甚为喜欢。

看看秋分已过，病势今年是不要紧的了。大家因为黄大户不出窟窿，是十多年来没有的事，异常快活，就叫了个戏班子，唱了三天谢神的戏；又在西花厅上，搭了一座菊花假山：今日开筵，明朝设席，闹得十分畅快。

这日，老残吃过午饭，因多喝了两杯酒，觉得身子有些困倦，就跑到自己房里一张睡榻上躺下，歇息歇息。才闭了眼睛，看外边就走进两个人来：一个叫文章伯，一个叫德慧生。这两人本是老残的挚友，一齐说道：“这么长天大日的，老残，你蹲家里做甚?”老残连忙起身让坐，说：“我因为这两天困于酒食，觉得怪腻的。”二人道：“我们现在要往登州府去，访蓬莱阁的胜景，因此特来约你。车子已替你雇了，你赶紧收拾行李，就此动身罢。”老残行李本不甚多，不过古书数卷，仪器几件，收检也极容易，顷刻之间便上了车。无非风餐露宿，不久便到了登州。就在蓬莱阁下觅了两间客房，大家住下，也就玩赏玩赏海市的虚情，蜃楼①的幻想。

次日，老残向文、德二公说道：“人人都说日出好看，我们今夜何妨不睡，看一看日出何如?”二人说道：“老兄有此清兴，

---

① 海市蜃楼——蜃：蛤蜊。光线经不同密度的空气层发生显著反射或折射时，把远处景物显示在空中或地面的奇异幻景，常发生在海边和沙漠地区。古人误以为蜃吐气而成。

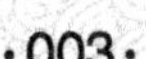

弟等一定奉陪。”秋天虽是昼夜停匀时候，究竟日出日入，有蒙气传光①，还觉得夜是短的。三人开了两瓶酒，取出携来的肴馔②，一面吃酒，一面谈心，不知不觉，那东方已渐渐发大光明了。其实离日出尚远，这就是蒙气传光的道理。三人又略谈片刻，德慧生道：“此刻也差不多是时候了，我们何妨先到阁子上头去等呢？”文章伯说：“耳边风声甚急，上头窗子太敞，恐怕寒冷，比不得这屋子里暖和，须多穿两件衣服上去。”各人照样办了，又都带了千里镜，携了毯子，由后面扶梯曲折上去。到了阁子中间，靠窗一张桌子旁边坐下，朝东观看，只见海中白浪如山，一望无际。东北青烟数点，最近的是长山岛，再远便是大竹、大黑等岛了。那阁子旁边，风声“呼呼”价响，仿佛阁子都要摇动似的。天上云气一片一片价叠起，只见北边有一片大云，飞到中间，将原有的云压将下去，并将东边一片云挤的越过越紧，越紧越不能相让，情状甚为谲诡③。过了些时，也就变成一片红光了。

慧生道：“残兄，看此光景，今儿日出是看不着的了。”老残道：“天风海水，能移我情，即是看不着日出，此行亦不为辜负。”章伯正在用远镜凝视，说道：“你们看！东边有一丝黑影，

① 蒙气传光——蒙气，即雾气。太阳刚出之前和太阳刚落之后，光线虽不能直射大地，但地上仍相当明亮，就是因为空中大气的折光作用，这就是“蒙气传光”。

② 肴馔（yáo zhuàn）——宴席上的或比较丰盛的菜和饭。

③ 谲诡（jué guǐ）——奇异多变。

随波出没，定是一只轮船由此经过。”于是大家皆拿出远镜，对着观看。看了一刻，说道：“是的，是的。你看，有极细一丝黑线，在那天水交界的地方，那不就是船身吗?”大家看了一会，那轮船也就过去，看不见了。

慧生还拿远镜左右观视。正在凝神，忽然大叫：“嗳呀，嗳呀！你瞧，那边一只帆船在那洪波巨浪之中，好不危险!”两人道：“在什么地方?”慧生道：“你望正东北瞧，那一片雪白浪花，不是长山岛吗？在长山岛的这边，渐渐来得近了。”两人用远镜一看，都道：“嗳呀，嗳呀！实在危险得极！幸而是向这边来，不过二三十里就可泊岸了。”

相隔不过一点钟之久，那船来得业已甚近。三个用远镜凝神细看，原来船身长有二十三四丈，原是只很大的船。船主坐在舵楼之上，楼下四人专管转舵的事。前后六枝桅杆，挂着六扇旧帆，又有两枝新桅，挂着一扇簇新的帆，一扇半新不旧的帆，算来这船便有八枝桅了。船身吃载①很重，想那舱里一定装的各项货物。船面上坐的人口，男男女女，不计其数，却无篷窗等件遮盖风日，同那天津到北京火车的三等客位一样，面上有北风吹着，身上有浪花溅着，又湿又寒，又饥又怕。看这船上的人都有民不聊生的气象。那八扇帆下，各有两人专管绳脚的事。船头及船帮上有许多的人，仿佛水手的打扮。

这船虽有二十三四丈长，却是破坏的地方不少：东边有一

---

① 载（zài）——同载，运输工具所装的东西。





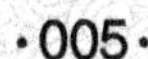

块，约有三丈长短，已经破坏，浪花直灌进去；那旁，仍在东边，又有一块，约长一丈，水波亦渐渐浸入；其余的地方，无一处没有伤痕。那八个管帆的却是认真的在那里管，只是各人管各人的帆，仿佛在八只船上似的，彼此不相关照。那水手只管在那坐船的男男女女队里乱窜，不知所做何事。用远镜仔细看去，方知道他在那里搜他们男男女女所带的干粮，并剥那些人身上穿的衣服。章伯看得亲切，不禁狂叫道："这些该死的奴才！你看，这船眼睁睁就要沉覆，他们不知想法敷衍着早点泊岸，反在那里蹂躏好人，气死我了！"慧生道："章哥，不用着急，此船目下相距不过七八里路，等他泊岸的时候，我们上去劝劝他们便是。"

正在说话之间，忽见那船上杀了几个人，抛下海去，捩[①]过舵来，又向东边去了。章伯气的两脚直跳，骂道："好好的一船人，无穷性命，无缘无故断送在这几个驾驶的人手里，岂不冤枉！"沉思了一下，又说道："好在我们山脚下有的是渔船，何不驾一只去，将那几个驾驶的人打死，换上几个？岂不救了一船人的性命？何等功德！何等痛快！"慧生道："这个办法虽然痛快，究竟未免鲁莽，恐有未妥。请教残哥以为何如？"

老残笑问章伯道："章哥此计甚妙，只是不知你带几营人去？"章伯愤道："残哥怎么也这么糊涂！此时人家正在性命交关，不过一时救急，自然是我们三个人去。哪里有几营人来给你带去！"老残道："既然如此，他们船上驾驶的不下头二百人，我

① 捩（liè）——扭转。

们三个人要去杀他，恐怕只会送死，不会成事罢。高明以为何如?”章伯一想，理路却也不错，便道：“依你该怎么样？难道白白地看他们死吗?”老残道：“依我看来，驾驶的人并未曾错，只因两个缘故，所以把这船就弄得狼狈不堪了。怎么两个缘故呢?一则他们是走太平洋的，只会过太平日子。若遇风平浪静的时候，他驾驶的情状亦有操纵自如之妙，不意今日遇见这大的风浪，所以都毛了手脚。二则他们未曾预备方针。平常晴天的时候，照着老法子去走，又有日月星辰可看，所以南北东西尚还不大很错。这就叫做‘靠天吃饭’。哪知遇了这阴天，日月星辰都被云气遮了，所以他们就没了依傍。心里不是不想望好处去做，只是不知东南西北，所以越走越错。为今之计，依章兄法子，驾只渔艇，追将上去，他的船重，我们的船轻，一定追得上的。到了之后，送他一个罗盘，他有了方向，便会走了。再将这有风浪与无风浪时驾驶不同之处，告知船主，他们依了我们的话，岂不立刻就登彼岸了吗?”慧生道：“老残所说极是，我们就赶紧照样办去。不然，这一船人，实在可危的极!”

说着，三人就下了阁子，吩咐从人看守行李物件。那三人却俱是空身，带了一个最准的向盘，一个纪限仪①，并几件行船要用的物件，下了山。山脚下有个船坞，都是渔船停泊之处。选了一只轻快渔船，挂起帆来，一直追向前去。幸喜本日刮的是北风，所以向东向西都是旁风，使帆很便当的。一霎时，离大船已

① 纪限仪——又名“六分仪”，航海时用来测量太阳等天体的高度角，从而确定船只所在的方位。

经不远了，三人仍拿远镜不住细看。及至离大船十余丈时，连船上人说话都听得见了。

谁知道除那管船的人搜括众人外，又有一种人在那里高谈阔论的演说，只听他说道：“你们各人均是出了船钱坐船的，况且这船也就是你们祖遗的公司产业，现在已被这几个驾驶人弄的破坏不堪，你们全家老幼性命都在船上，难道都在这里等死不成？就不想个法儿挽回挽回吗？真真该死奴才！”

众人被他骂的顿口无言。内中便有数人出来说道：“你这先生所说的都是我们肺腑中欲说说不出的话，今日被先生唤醒，我们实在惭愧，感激的很！只是请教有什么法子呢？”那人便道：“你们知道现在是非钱不行的世界了，你们大家敛几个钱来，我们舍出自己的精神，拼着几个人流血，替你们挣个万世安稳自由的基业，你们看好不好呢？”众人一齐拍掌称快。

章伯远远听见，对二人说道：“不想那船上竟有这等的英雄豪杰！早知如此，我们可以不必来了。”慧生道：“姑且将我们的帆落几叶下来，不必追上那船，看他是如何的举动。倘真有点道理，我们便可回去了。”老残道：“慧哥所说甚是。依愚见看来，这等人恐怕不是办事的人，只是用几句文明的话头骗几个钱用用罢了！”

当时三人便将帆叶落小，缓缓的尾大船之后。只见那船上人敛了许多钱，交给演说的人，看他如何动手。谁知那演说的人，敛了许多钱去，找了一块众人伤害不着的地方，立住了脚，便高声叫道：“你们这些没血性的人，凉血种类的畜生，还不赶紧去打那个掌舵的吗?”又叫道:“你们还不去把这些管船的一个一个杀了吗?”哪知就有那不懂事的少年,依着他去打掌舵的,也有去骂船主的,俱被那旁边人杀的杀了,抛弃下海的抛下海了。那个演说的人,又在高处大叫道:“你们为什么没有团体?若是全船人一齐动手,还怕打不过他们么?”那船上人,就有老年晓事的人,也高声叫道:“诸位切不可乱动!倘若这样做去,胜负未分,船先覆了!万万没有这个办法!”

慧生听得此语,向章伯道:“原来这里的英雄只管自己敛钱,叫别人流血的。”老残道:“幸而尚有几个老成持重的人,不然,这船覆的更快了。”说着,三个便将帆叶抽满,顷刻便与大船相近。篙工用篙子钩住大船,三人便跳将上去,走至舵楼底下,深深的唱了一个喏①,便将自己的向盘及纪限仪等项取出呈上。舵工看见,倒也和气,便问:“此物怎样用法?有何益处?”

正在议论,哪知那下等水手里面,忽然起了咆哮,说道:“船主!船主!千万不可为这人所惑!他们用的是外国向盘,一定是洋鬼子差遣来的汉奸!他们是天主教!他们将这只大船已经卖与洋鬼子了,所以才有这个向盘。请船主赶紧将这三人绑去杀了,以除后患。倘与他们多说几句话,再用了他的向盘,就算收了洋鬼子的定钱,他就要来拿我们的船了!”谁知这一阵嘈嚷,满船的人俱为之震动。就是那演说的英雄豪杰,也在那里喊道:“这是卖船的汉奸!快杀,快杀!”

---

① 喏(rě)——唱诺,旧时男子所行的一种礼节,给人作揖同时出声致敬。

船主舵工听了，俱犹疑不定。内中有一个舵工，是船主的叔叔，说道：“你们来意甚善，只是众怒难犯，赶快去罢！”三人垂泪，赶忙回了小船。哪知大船上人，余怒未息，看三人上了小船，忙用被浪打碎了的断桩破板打下船去。你想，一只小小渔船，怎禁得几百个人用力乱砸？顷刻之间，将那渔船打得粉碎，看着沉下海中去了。未知三人性命如何，且听下回分解。

# 第 二 回

## 历山山下古帝遗踪　明湖湖边美人绝调

话说老残在渔船上被众人砸得沉下海去，自知万无生理，只好闭着眼睛，听他怎样。觉得身体如落叶一般，飘飘荡荡，顷刻工夫沉了底了。只听耳边有人叫道："先生，起来罢！先生，起来罢！天已黑了，饭厅上饭已摆好多时了。"老残慌忙睁开眼睛，愣了一愣道："呀！原来是一梦！"

自从那日起，又过了几天，老残向管事的道："现在天气渐寒，贵居停的病也不会再发，明年如有委用之处，再来效劳。目下鄙人要往济南府去看看大明湖的风景。"管事的再三挽留不住，只好当晚设酒饯行；封了一千两银子奉给老残，算是医生的酬劳。老残略道一声"谢谢"，也就收入箱笼，告辞动身上车去了。

一路秋山红叶，老圃黄花，颇不寂寞。到了济南府，进得城来，家家泉水，户户垂杨，比那江南风景，觉得更为有趣。到了小布政司①街，觅了一家客店，名叫高陞②店，将行李卸下，开发了车价酒钱，胡乱吃点晚饭，也就睡了。

---

① 布政司——承宣布政使司简称，长官为布政使，从二品，管理一省的民政、田赋、户籍。

② 陞（shēng）——同升。

次日清晨起来，吃点儿点心，便摇着串铃满街踅①了一趟，虚应一应故事。午后便步行至鹊华桥边，雇了一只小船，荡起双桨，朝北不远，便到历下亭前。止船进去，入了大门，便是一个亭子，油漆已大半剥蚀。亭子上悬了一副对联，写的是“历下此亭古，济南名士多”，上写着“杜工部②句”，下写着“道州何绍基书③”。亭子旁边虽有几间房屋，也没有什么意思。复行下船，向西荡去，不甚远，又到了铁公祠畔。你道铁公是谁？就是明初与燕王为难的那个铁铉④。后人敬他的忠义，所以至今春秋时节，土人尚不断的来此进香。

到了铁公祠前，朝南一望，只见对面千佛山上，梵宇⑤僧楼，与那苍松翠柏，高下相间，红的火红，白的雪白，青的靛青，绿的碧绿，更有那一株半株的丹枫夹在里面，仿佛宋人赵千里⑥的一幅大画，做了一架数十里长的屏风。正在叹赏不绝，忽听一声渔唱，低头看去，谁知那明湖业已澄净的同镜子一般。那千佛山的倒影映在湖里，显得明明白白。那楼台树木，格外光彩，觉得比上头的一个千佛山还要好看，还要清楚。这湖的南岸，上去便

---

① 踅（xué）——来回走动。

② 杜工部——唐代诗人杜甫，官至检校工部员外郎，后人因而称他为“杜工部”。

③ 何绍基——字子贞，清朝道州（今湖南道县）人，书法家。

④ 铁铉——明河南邓州人，字鼎石。惠帝时任山东参政，燕王起兵，守济南，屡破燕王兵，升兵部尚书。燕王即帝位后，受酷刑死。

⑤ 梵宇——佛寺。

⑥ 赵千里——赵伯驹，字千里，南宋画家。

是街市，却有一层芦苇，密密遮住。现在正是开花的时候，一片白花映着带水气的斜阳，好似一条粉红绒毯，做了上下两个山的垫子，实在奇绝。

老残心里想道："如此佳景，为何没有什么游人？"看了一会儿，回转身来，看那大门里面楹柱①上有副对联，写的是"四面荷花三面柳，一城山色半城湖"，暗暗点头道："真正不错！"进了大门，正面便是铁公享堂②，朝东便是一个荷池。绕着曲折的回廊，到了荷池东面，就是个圆门。圆门东边有三间旧房，有个破匾，上题"古水仙祠"四个字。祠前一副破旧对联，写的是"一盏寒泉荐秋菊，三更画船穿藕花"。过了水仙祠，仍旧上了船，荡到历下亭的后面。两边荷叶荷花将船夹住，那荷叶初枯，擦的船嗤③嗤价响；那水鸟被人惊起，格格价飞；那已老的莲蓬，不断地绷到船窗里面来。老残随手摘了几个莲蓬，一面吃着，一面船已到了鹊华桥畔了。

到了鹊华桥，才觉得人烟稠密，也有挑担子的，也有推小车子的，也有坐二人抬小蓝呢轿子④的。轿子后面，一个跟班的戴个红缨帽子，膀子底下夹个护书⑤，拼命价奔，一面用手巾擦汗，一面低着头跑。街上五六岁的孩子不知避人，被那轿夫无意踢倒

---

① 楹（yíng）柱——堂屋前部的柱子。

② 享堂——古时供奉祖宗或神佛偶像的地方，这里指铁公祭堂。

③ 嗤（chī）——象声词。

④ 小蓝呢轿子——清代制度：四品以下的官员坐蓝呢轿子。两人抬的轿子叫小轿。

⑤ 护书——古时官场中用来存放文书、拜帖等物的多层夹袋。

一个，他便哇哇的哭起。他的母亲赶忙跑来问：“谁碰倒你的？谁碰倒你的？”那个孩子只是哇哇的哭，并不说话。问了半天，才带哭说了一句道：“抬轿子的！”他母亲抬头看时，轿子早已跑的有二里多远了。那妇人牵了孩子，嘴里不住咭咭咕咕的骂着，就回去了。

老残从鹊华桥往南，缓缓向小布政司街走去。一抬头，见那墙上贴了一张黄纸，有一尺长，七八寸宽的光景。居中写着“说鼓书”三个大字；旁边一行小字是“二十四日明湖居”。那纸还未十分干，心知是方才贴的，只不知道这是什么事情，别处也没有见过这样招子。一路走着，一路盘算。只听得耳边有两个挑担子的说道：“明儿白妞说书，我们可以不必做生意，来听书罢。”又走到街上，听铺子里柜台上有人说道：“前次白妞说书是你告假的，明儿的书，应该我告假了。”一路行来，街谈巷议，大半都是这话，心里诧异道：“白妞是何许人？说的是何等样书？为甚一纸招贴，便举国若狂如此？”信步走来，不知不觉已到高升店口。

进得店去，茶房便来回道：“客人，用什么夜膳？”老残一一说过，就顺便问道：“你们此地说鼓书是个什么玩意儿？何以惊动这么许多的人？”茶房说：“客人，你不知道。这说鼓书本是山东乡下的土调，用一面鼓，两片梨花简，名叫‘梨花大鼓’，演说些前人的故事，本也没甚稀奇。自从王家出了这个白妞、黑妞姊妹两个，这白妞名字叫做王小玉，此人是天生的怪物！她十二三岁时就学会了这说书的本事。她却嫌这乡下的调儿没什么出



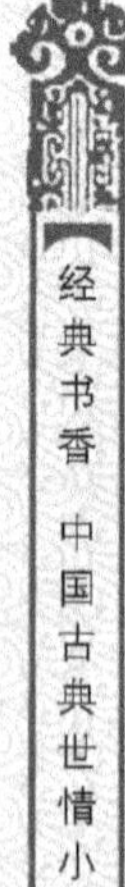

奇，她就常到戏园里看戏，所有什么西皮、二簧、梆子腔等唱，一听就会；什么余三胜、程长庚、张二奎①等人的调子，他一听也就会唱。仗着她的喉咙，要多高有多高；她的中气，要多长有多长。她又把那南方的什么昆腔、小曲，种种的腔调，她都拿来装在这大鼓书的调儿里面。不过二三年工夫，创出这个调儿，竟至无论南北高下的人，听了她唱书，无不神魂颠倒。现在已有招子，明儿就唱。你不信，去听一听就知道了。只是要听还要早去，她虽是一点钟开唱，若到十点钟去，便没有座位的。”老残听了，也不甚相信。

次日六点钟起，先到南门内看了舜井。又出南门，到历山脚下，看看相传大舜昔日耕田的地方。及至回店，已有九点钟的光景，赶忙吃了饭，走到明湖居，才不过十点钟时候。那明湖居本是个大戏园子，戏台前有一百多张桌子。哪知进了园门，园子里面已经坐的满满的了，只有中间七八张桌子还无人坐，桌子却都贴着“抚院②定”“学院③定”等类红纸条儿。老残看了半天，无处落脚，只好袖子里送了看座儿的二百个钱，才弄了一张短板凳，在人缝里坐下。看那戏台上，只摆了一张半桌，桌子上放了一面板鼓，鼓上放了两个铁片儿，心里知道就是所谓梨花简了，

---

① 余三胜、程长庚、张二奎——清末扮演老生的京剧名艺人。

② 抚院——清朝省级地方政府的最高长官，俗称“抚院”或“抚台”。这里是指巡抚衙门。

③ 学院——即提督学政，雍正四年改称学院。乾隆以后的学政，因受皇帝钦差，地位与巡抚平行。这里是指学院衙门。

旁边放了一个三弦子，半桌后面放了两张椅子，并无一个人在台上。偌大的个戏台，空空洞洞，别无他物，看了不觉有些好笑。园子里面，顶着篮子卖烧饼油条的有一二十个，都是为那不吃饭来的人买了充饥的。

到了十一点钟，只见门口轿子渐渐拥挤，许多官员都着了便衣，带着家人，陆续进来。不到十二点钟，前面几张空桌俱已满了，不断还有人来，看座儿的也只是搬张短凳，在夹缝中安插。这一群人来了，彼此招呼，有打千儿①的，有作揖的，大半打千儿的多。高谈阔论，说笑自如。这十几张桌子外，看来都是做生意的人；又有些像是本地读书人的样子：大家都嘁嘁喳喳的在那里说闲话。因为人太多了，所以说的什么话都听不清楚，也不去管他。

到了十二点半钟，看那台上，从后台帘子里面，出来一个男人：穿了一件蓝布长衫，长长的脸儿，一脸疙瘩②，仿佛风干福橘皮似的，甚为丑陋，但觉得那人气味到还沉静。出得台来，并无一语，就往半桌后面左手一张椅子上坐下。慢慢的将三弦子取来，随便和了和弦，弹了一两个小调，人也不甚留神去听。后来弹了一枝大调，也不知道叫什么牌子。只是到后来，全用轮指，那抑扬顿挫，入耳动心，恍若有几十根弦，几百个指头，在那里

① 打千儿——古时满族男子向人请安时所通行的礼节，左膝前屈，右腿后弯，上体稍向前俯，右手下垂，是一种介乎作揖、下跪之间的礼节。

② 肐脦——疙瘩。



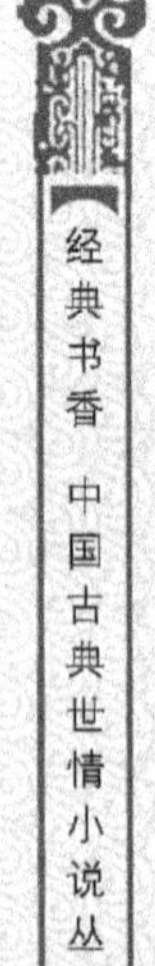

弹似的。这时台下叫好的声音不绝于耳，却也压不下那弦子去。这曲弹罢，就歇了手，旁边有人送上茶来。

停了数分钟时，帘子里面出来一个姑娘，约有十六七岁，长长鸭蛋脸儿，梳了一个抓髻，戴了一副银耳环，穿了一件蓝布外褂儿，一条蓝布裤子，都是黑布镶滚的。虽是粗布衣裳，到十分洁净。来到半桌后面右手椅子上坐下。那弹弦子的便取了弦子，铮铮锹锹弹起。这姑娘便立起身来，左手取了梨花简，夹在指头缝里，便丁丁当当的敲，与那弦子声音相应；右手持了鼓槌子，凝神听那弦子的节奏。忽羯鼓①一声，歌喉遽②发，字字清脆，声声宛转，如新莺出谷，乳燕归巢。每句七字，每段数十句，或缓或急，忽高忽低；其中转腔换调之处，百变不穷，觉一切歌曲腔调俱出其下，以为观止矣。

旁坐有两人，其一人低声问那人道："此想必是白妞了罢?"其一人道："不是。这人叫黑妞，是白妞的妹子。他的调门儿都是白妞教的，若比白妞，还不晓得差多远呢！他的好处人说得出，白妞的好处人说不出；他的好处人学的到，白妞的好处人学不到。你想，这几年来，好玩耍的谁不学他们的调儿呢？就是窑子里的姑娘，也人人都学，只是顶多有一两句到黑妞的地步。若白妞的好处，从没有一个人能及她十分里的一分的。"说着的时候，黑妞早唱完，后面去了。这时满园子里的人，谈心的谈心，

---

① 羯（jié）鼓——古代的一种鼓，两面蒙皮，腰部细。据说来源于羯族。

② 遽（jù）——急；骤然。

说笑的说笑。卖瓜子、落花生、山里红、核桃仁的，高声喊叫着卖，满园子里听来都是人声。

正在热闹哄哄的时节，只见那后台里，又出来了一位姑娘，年纪约十八九岁，装束与前一个毫无分别，瓜子脸儿，白净面皮，相貌不过中人以上之姿，只觉得秀而不媚，清而不寒，半低着头出来，立在半桌后面，把梨花简丁当了几声，煞是奇怪：只是两片顽铁，到她手里，便有了五音十二律似的。又将鼓槌子轻轻的点了两下，方抬起头来，向台下一盼。那双眼睛，如秋水，如寒星，如宝珠，如白水银里头养着两丸黑水银，左右一顾一看，连那坐在远远墙角子里的人，都觉得王小玉看见我了；那坐得近的，更不必说。就这一眼，满园子里便鸦雀无声，比皇帝出来还要静悄得多呢，连一根针跌在地下都听得见响！

王小玉便启朱唇，发皓齿，唱了几句书儿。声音初不甚大，只觉入耳有说不出来的妙境：五脏六腑里，像熨斗熨过，无一处不服贴；三万六千个毛孔，像吃了人参果，无一个毛孔不畅快。唱了十数句之后，渐渐的越唱越高，忽然拔了一个尖儿，像一线钢丝抛入天际，不禁暗暗叫绝。哪知她于那极高的地方，尚能回环转折。几啭之后，又高一层，接连有三四叠，节节高起。恍如由傲来峰西面攀登泰山的景象：初看傲来峰削壁千仞①，以为上与天通。及至翻到傲来峰顶，才见扇子崖更在傲来峰上；及至翻

① 仞（rèn）——古时八尺或七尺叫做一仞。

到扇子崖，又见南天门更在扇子崖上：愈翻愈险，愈险愈奇。那王小玉唱到极高的三四叠后，陡然一落，又极力骋其千回百折的精神，如一条飞蛇在黄山三十六峰半中腰里盘旋穿插。顷刻之间，周匝数遍。从此以后，愈唱愈低，愈低愈细，那声音渐渐的就听不见了。满园子的人都屏气凝神，不敢少动。约有两三分钟之久，仿佛有一点声音从地底下发出。这一出之后，忽又扬起，像放那东洋烟火，一个弹子上天，随化作千百道五色火光，纵横散乱。这一声飞起，即有无限声音俱来并发。那弹弦子的亦全用轮指，忽大忽小，同她那声音相和相合，有如花坞春晓，好鸟乱鸣。耳朵忙不过来，不晓得听那一声的为是。正在缭乱之际，忽听霍然一声，人弦俱寂。这时台下叫好之声，轰然雷动。

停了一会，闹声稍定，只听那台下正座上，有一个少年人，不到三十岁光景，是湖南口音，说道："当年读书，见古人形容歌声的好处，有那'余音绕梁，三日不绝'的话，我总不懂。空中设想，余音怎样会得绕梁呢？又怎会三日不绝呢？及至听了小玉先生说书，才知古人措辞之妙。每次听她说书之后，总有好几天耳朵里无非都是他的书，无论做什么事，总不入神，反觉得'三日不绝'，这'三日'二字下得太少，还是孔子'三月不知肉味'，'三月'二字形容得透彻些！"旁边人都说道："梦湘①先

① 梦湘——王以慜，字梦湘，湖南武陵人，清末诗人。少年时曾客居济南，对黑妞、白妞的说唱艺术有特殊爱好。

生论得透辟极了！‘于我心有戚戚焉’①！”

说着，那黑妞又上来说了一段，底下便又是白妞上场。这一段，闻旁边人说，叫做“黑驴段”。听了去，不过是一个士子见一个美人，骑了一个黑驴走过去的故事。将形容那美人，先形容那黑驴怎样怎样好法，待铺叙到美人的好处，不过数语，这段书也就完了。其音节全是快板，越说越快。白香山②诗云：“大珠小珠落玉盘。”可以尽之。其妙处，在说得极快的时候，听的人仿佛都赶不上听，它却字字清楚，无一字不送到人耳轮深处。这是她的独到，然比着前一段却未免逊了一筹了。

这时不过五点钟光景，算计王小玉应该还有一段。不知那一段又是怎样好法。究竟如何，且听下回分解。

---

① “于我心有戚戚焉”——语出《孟子·梁惠王》。戚戚，心动，受到影响、启发，因而发生同感的意思。

② 白香山——即唐代诗人白居易。晚年自号“香山居士”，人称白香山。

# 第　三　回

## 金线东来寻黑虎　布帆西去访苍鹰[①]

话说众人以为天时尚早，王小玉必还要唱一段，不知只是她妹子出来敷衍几句就收场了，当时一哄而散。

老残到了次日，想起一千两银子放在寓中，总不放心。即到院前大街上找了一家汇票庄，叫个日陞[②]昌字号，汇了八百两寄回江南徐州老家里去，自己却留了一百多两银子 。本日在大街上买了一匹茧绸，又买了一件大呢马褂面子，拿回寓去，叫个成衣做一身棉袍子马褂。因为已是九月底，天气虽十分和暖，倘然西北风一起，立刻便要穿棉了。吩咐成衣已毕，吃了午饭，步出西门，先到趵突泉上吃了一碗茶。这趵突泉乃济南府七十二泉中的第一个泉，在大池之中，有四五亩地宽阔，两头均通溪河。池中流水，汩汩[③]有声。池子正中间有三股大泉，从池底冒出，翻上水面有二三尺高。据土人云：当年冒起有五六尺高，后来修池，不知怎样就矮下去了。这三股水，均比吊桶还粗。池子北面是个

---

① 苍鹰——郅都，西汉时人，曾做济南太守，行法严酷，是历史上有名的酷吏；人称“苍鹰”。这里暗指书中的酷吏玉贤（王佐臣）。

② 陞——升的异体字。

③ 汩汩（gǔ）——水流声。

吕祖①殿，殿前搭着凉棚，摆设着四五张桌子、十几条板凳卖茶，以便游人歇息。

老残吃完茶，出了趵突泉后门，向东转了几个弯，寻着了金泉书院。进了二门，便是投辖井，相传即是陈遵留客②之处。再望西去，过一重门，即是一个蝴蝶厅，厅前厅后均是泉水围绕。厅后许多芭蕉，虽有几批残叶，尚是一碧无际。西北角上，芭蕉丛里，有个方池，不过二丈见方，就是金线泉了。金线乃四大名泉之二。你道四大名泉是哪四个？就刚才说的趵突泉，此刻的金线泉，南门外的黑虎泉，抚台衙门里的珍珠泉：叫做“四大名泉”。

这金线泉相传水中有条金线。老残左右看了半天，不要说金钱，连铁线也没有。后来幸而走过一个士子来，老残便作揖请教这“金线”二字有无着落。那士子便拉着老残踅到池子西面，弯了身体，侧着头，向水面上看，说道：“你看，那水面上有一条线，仿佛游丝一样，在水面上摇动。看见了没有？”老残也侧了头，照样看去，看了些时，说道：“看见了，看见了！”这是什么缘故呢？想了一想，说：“莫非底下是两股泉水，力量相敌，所以中间挤出这一线来？”那士子道：“这泉见于著录好几百年，难

---

① 吕祖——即吕岩，字洞宾，号纯阳子，唐朝人，为道教所崇奉的神仙之一，尊称“吕祖”。

② 陈遵留客——陈遵，字孟公，西汉时人，豪爽好客，为了要将宾客留在家里畅饮，就将来客车上的车辖（轮轴两端的铁键）丢在井里，使他走不了。“投辖井”的遗迹即此故事。

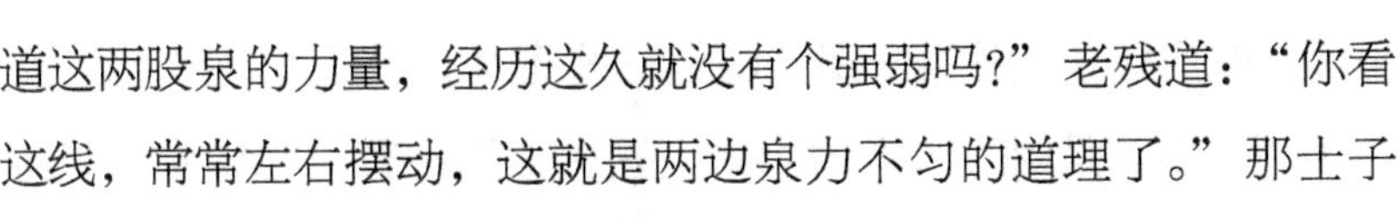

道这两股泉的力量，经历这久就没有个强弱吗？”老残道：“你看这线，常常左右摆动，这就是两边泉力不匀的道理了。”那士子到也点头会意。说完，彼此各散。

老残出了金泉书院，顺着西城南行。过了城角，仍是一条街市，一直向东。这南门城外好大一条城河，河里泉水湛清，看的河底明明白白。河里的水草都有一丈多长，被那河水流得摇摇摆摆，煞是好看。走着看着，见河岸南面，有几个大长方池子，许多妇女坐在池边石上捣衣。再过去，有一个大池，池南几间草房，走到面前，知是一个茶馆。进了茶馆，靠北窗坐下，就有一个茶房泡了一壶茶来。茶壶都是宜兴壶的样子，却是本地仿照烧的。老残坐定，问茶房道：“听说你们这里有个黑虎泉，可知道在什么地方？”那茶房笑道：“先生，你伏到这窗台上朝外看，不就是黑虎泉吗？”老残果然往外一看，原来就在自已脚底下，有一个石头雕的老虎头，约有二尺余长，倒有尺五六的宽径。从那老虎口中喷出一股泉来，力量很大，从池子这边直冲到池子那面，然后转到两边，流入城河去了。坐了片刻，看那夕阳有渐渐下山的意思，遂付了茶钱，缓步进南门回寓。

到了次日，觉得游兴已足，就拿了串铃，到街上去混混。踅过抚台衙门，望西一条胡同口上，有所中等房子，朝南的大门，门旁贴了“高公馆”三个字。只见那公馆门口站了一个瘦长脸的人，穿了件棕紫熟罗棉大袄，手里捧了一支洋白铜二马车水烟袋，面带愁容。看见老残，唤道：“先生，先生！你会看喉咙吗？”老残答道：“懂得一点半点儿的。”那人便说：“请里面坐。”进了大门，望西一拐，便是三间客厅，铺设也还妥当。两边字画，多半是时下名人的笔墨。只有中间挂着一幅中堂，只画了一个人，仿佛列子御风①的形状，衣服冠带均被风吹起，笔力甚为遒劲，上题“大风张风②”四字，也写得极好。坐定，彼此问过名姓。原来这人系江苏人，号绍殷，充当抚院内文案差使。他说道：“有个小妾害了喉蛾③，已经五天，今日滴水不能进了。请先生诊视，尚有救没有？”老残道：“须看了病，方好说话。”当时高公即叫家人：“到上房关照一声，说有先生来看病。”随后就同着进了二门，即是三间上房。进得堂屋，有老妈子打起西房的门帘，说声：“请里面坐。”走进房门，贴西墙靠北一张大床，床上悬着印花夏布帐子，床面前靠西放了一张半桌，床前两张杌凳④。

高公让老残西面杌凳上坐下。帐子里伸出一只手来，老妈子拿了几本书垫在手下，诊了一只手，又换一只。老残道：“两手脉沉数而弦，是火被寒逼住，不得出来，所以越过越重。请看一看喉咙。”高公便将帐子打起。看那妇人，约有二十岁光景，面上通红，人却甚为委顿的样子。高公将她轻轻扶起，对着窗户的

---

① 列子御风——列子，列御寇，相传是战国时的道家。传说中能乘风而行。《庄子》中有许多关于他的传说。

② 张风——明末清初画家。字大风。擅画山水、人物、花卉，亦工肖像。早年风格恬静，晚年笔墨瘦挺放纵。

③ 喉蛾——即扁桃体发炎症。扁桃体发炎时，患处肿胀，呈腐白色，很像蚕蛾。故旧称喉蛾。

④ 杌（wù）凳——小凳子。

亮光。老残低头一看，两边肿的已将要合缝了，颜色淡红。看过，对高公道：“这病本不甚重，原起只是一点火气，被医家用苦寒药一逼，火不得发，兼之平常肝气易动，抑郁而成。目下只须吃两剂辛凉发散药就好了。”又在自己药囊内取出一个药瓶、一支喉枪，替她吹了些药上去。出到厅房，开了个药方，名叫“加味甘桔汤”。用的是生甘草、苦桔梗、牛蒡子、荆芥、防风、薄荷、辛夷、飞滑石八味药，鲜荷梗做的引子。方子开毕，送了过去。

高公道：“高明得极。不知吃几贴?”老残道：“今日吃两帖，明日再来复诊。”高公又问：“药金请教几何?”老残道：“鄙人行道，没有一定的药金。果然医好了姨太太病，等我肚子饥时，赏碗饭吃；走不动时，给几个盘川，尽够的了。”高公道：“既如此说，病好一总酬谢。尊寓在何处?以便倘有变动，着人来请。”老残道：“在布政司街高升店。”说毕分手。从此，天天来请。不过三四天，病势渐退，已经同常人一样。高公喜欢得无可如何，送了八两银子谢仪，还在北柱楼办了一席酒，邀请文案上同事作陪，也是个揄扬①的意思。谁知一个传十，十个传百，官幕两途②，拿轿子来接的，渐渐有日不暇给之势。

那日，又在北柱楼吃饭，是个候补道请的。席上右边上首一个人说道：“玉佐臣要补曹州府了。”左边下首，紧靠老残的一个人道：“他的班次很远，怎样会补缺呢?”右边人道：“因为他办

---

① 揄（yú）扬——称赞赞扬。

② 官幕两途——官员和幕宾。

强盗办的好，不到一年竟有路不拾遗的景象，宫保①赏识非凡。”前日有人对宫保说：“曾走曹州府某乡庄过，亲眼见有个蓝布包袱弃在路旁，无人敢拾。某就问土人：‘这包袱是谁的？为何没人收起？’土人道：‘昨儿夜里，不知何人放在这里的。’某问：‘你们为什么不拾了回去？’都笑着摇摇头道：‘俺还要一家子性命吗！’如此，可见路不拾遗，古人竟不是欺人，今日也竟做得到的！’宫保听着很是喜欢，所以打算专折明保他。”左边的人道：“佐臣人是能干的，只嫌太残忍些。未到一年，站笼②站死两千多人，难道没有冤枉吗？”旁边一人道：“冤枉一定是有的，自无庸议，但不知有几成不冤枉的？”右边人道：“大凡酷吏的政治，外面都是好看的。诸君记得当年常剥皮做兖州府的时候，何尝不是这样？总做的人人侧目而视就完了。”又一人道：“佐臣酷虐是诚然酷虐，然曹州府的民情也实在可恨。那年，兄弟署曹州的时候，几乎无一天无盗案。养了二百名小队子，像那不捕鼠的猫一样，毫无用处。及至各县捕快捉来的强盗，不是老实乡民，就是被强盗胁了去看守骡马的人。至于真强盗，一百个里也没有几个。现在被这玉佐臣雷厉风行的一办，盗案竟自没有了。相形之下，兄弟实在惭愧得很。”左边人道：“依兄弟愚见，还是不多杀人的为是。此人名震一时，恐将来果报也在不可思议之列。”说完，大家都道：“酒也够了，赐饭罢。”饭后各散。

---

① 宫保——即太子太保、少保的通称。清代对加有太子少保衔者，习惯上尊称为宫保。

② 站笼——又名立枷，一种酷刑刑具。

过了一日，老残下午无事，正在寓中闲坐，忽见门口一乘蓝呢轿落下，进来一个人，口中喊道："铁先生在家吗？"老残一看，原来就是高绍殷，赶忙迎出，说："在家，在家。请房里坐。只是地方卑污，屈驾的很。"绍殷一面道："说哪里的话！"一面就往里走。进得二门，是个朝东的两间厢房。房里靠南一张砖炕，炕上铺着被褥；北面一张方桌，两张椅子；西面两个小小竹箱。桌上放了几本书，一方小砚台，几枝笔，一个印色盒子。老残让他上首坐了。他就随手揭过书来，细细一看，惊讶道："这是部宋版张君房①刻本的《庄子》，从哪里得来的？此书世上久不见了，季沧苇、黄丕烈②诸人俱未见过，要算稀世之宝呢！"老残道："不过先人遗留下来的几本破书，卖又不值钱，随便带在行箧③，解解闷儿，当小说书看罢了，何足挂齿。"再望下翻，是一本苏东坡手写的陶诗④，就是毛子晋所仿刻的祖本。⑤

绍殷再三赞叹不绝，随又问道："先生本是科第世家，为甚不在功名上讲求，却操此冷业？虽说富贵浮云，未免太高尚了

---

① 张君房——北宋人，宋真宗（赵恒）时大规模编纂道教书籍的主编者。共编成道书数千卷，《庄子》是其中的一种。

② 季沧苇、黄丕烈——季沧苇，即季振宜，字诜兮，号沧苇，清初江苏泰兴人，著名的藏书家，撰有《季沧苇书目》。黄丕烈，字绍武，号荛圃，清乾隆时江苏吴县人，著名藏书家。

③ 箧（qiè）——小箱子。

④ 陶诗——即晋朝大诗人陶渊明的诗。

⑤ 毛子晋所仿刻的祖本——毛晋，字子晋，明、清江苏常熟人，著名的藏书家和刻书家；仿刻，仿照古书原来的样式复刻；祖本，所依据的底本。

罢。”老残叹道：“阁下以‘高尚’二字许我，实过奖了。鄙人并非无志功名：一则，性情过于疏放，不合时宜；二则，俗说‘攀得高，跌得重’，不想攀高是想跌轻些的意思。”绍殷道：“昨晚在里头吃便饭，宫保谈起：‘幕府人才济济，凡有所闻的，无不罗致于此了。’同坐姚云翁便道：‘目下就有一个人在此，宫保并未罗致。’宫保急问：‘是谁?’姚云翁就将阁下学问怎样，品行怎样，而又通达人情、熟谙世务，怎样怎样，说得宫保抓耳挠腮，十公欢喜。宫保就叫兄弟立刻写个内文案札子送来。那时兄弟答道：‘这样恐不妥当。此人既非候补，又非投效①，且还不知他有什么功名，札子不甚好下。”宫保说：“那么就下个关书②去请。’兄弟说：‘若要请他看病，那是一请就到的；若要招致幕府，不知他愿意不愿意，须先问他一声才好。’宫保说：‘很好。你明天就去探探口气，你就同了他来见我一见。’为此，兄弟今日特来与阁下商议，可否今日同到里面见宫保一见?”老残道：“那也没有什么不可，只是见宫保须要冠带，我却穿不惯，能便衣相见就好。”绍殷道：“自然便衣。稍停一刻，我们同去。你到我书房里坐等。宫保午后从里边下来，我们就在签押房③里见了。”说着，又喊了一乘轿子。

老残穿着随身衣服，同高绍殷进了抚署。原来这山东抚署是明朝的齐王府，故许多地方仍用旧名。进了三堂，就叫“宫门

---

① 投效——主动投请官府，要求为某项差使效力。意即谋官、求职。
② 关书——古时聘请塾师或幕僚的聘书。
③ 签押房——官员批阅公文的房间，略同后来的办公室。

口”。旁边就是高绍殷的书房，对面便是宫保的签押房。方到绍殷书房坐下，不到半时，只见宫保已从里面出来，身体甚是魁梧，相貌却还仁厚。高绍殷看见，立刻迎上前去，低低说了几句。只听庄宫保连声叫道：“请过来，请过来。”便有个差官跑来喊道：“宫保请铁老爷！”老残连忙走来，向庄宫保对面一站。庄云：“久慕得很！”用手一伸，腰一呵，说：“请里面坐。”差官早将软帘打起。

老残进了房门，深深作了一个揖。宫保让在红木炕上首坐下。绍殷对面相陪。另外搬了一张方杌凳在两人中间，宫保坐了，便问道：“听说补残先生学问经济都出众的很。兄弟以不学之资，圣恩叫我做这封疆大吏，别省不过尽心吏治就完了，本省更有这个河工，实在难办，所以兄弟没有别的法子。但凡闻有奇才异能之士，都想请来，也是集思广益的意思。倘有见到的所在，能指教一二，那就受赐得多了。”老残道：“宫保的政声，有口皆碑，那是没有得说的了。只是河工一事，听得外边议论，皆是本贾让三策，主不与河争地①的？”宫保道：“原是呢。你看，河南的河面多宽，此地的河面多窄呢。”老残道：“不是这么说。河面窄，容不下，只是伏汛几十天；其余的时候，水力甚软，沙所以易淤。要知贾让只是文章做得好，他也没有办过河工。贾让

① 贾让三策，主不与河争地——贾让，西汉时人，曾提出整治黄河的三个方案。这里是说依他三策中的上策，即主张决黎阳（今河南浚县东北）的河堤，迁徙当水冲的居民，放宽水面，让水在一定范围内泛滥（“不与河争地”）。

之后，不到一百年，就有个王景出来了。他治河的法子乃是从大禹一脉下来的，专主‘禹抑洪水’的‘抑’字，与贾让之说正相反背。自他治过之后，一千多年没河患。明朝潘季驯，本朝靳文襄，皆略仿其意，遂享盛名。宫保想必也是知道的。”宫保道：“王景是用何法子呢？”老残道：“他是从‘播为九河，同为逆河①’，‘播’‘同’两个字上悟出来的。《后汉书》上也只有‘十里立一水门，令更相回注’两句话。至于其中曲折，亦非倾盖之间所能尽的，容慢慢的做个说帖②呈览，何如？”

庄宫保听了，甚为喜欢，向高绍殷道：“你叫他们赶紧把那南书房三间收拾，即请铁先生就搬到衙门里来住罢，以便随时领教。”老残道：“宫保雅爱，甚为感激。只是目下有个亲戚在曹州府住，打算去探望一遭；并且风闻玉守的政声，也要去参考参考，究竟是个何等样人。等鄙人从曹州回来，再领宫保的教罢。”宫保神色甚为怏怏③。说完，老残即告辞，同绍殷出了衙门，各自回去。未知老残究竟是到曹州与否，且听下回分解。

---

① “播为九河，同为逆河”——见《禹贡》。“播”，分散；“九河”，泛指好多条河；“逆”，迎，指与海潮相通。

② 说帖——陈述具体办法的意见书。

③ 怏怏（yàng）——形容不高兴、不满意的神情。

# 第　四　回

## 宫保爱才求贤若渴　太尊治盗疾恶如仇

话说老残从抚署出来，即将轿子辞去，步行在街上游玩了一会儿，又在古玩店里盘桓①些时。傍晚回到店里，店里掌柜的连忙跑进屋来说声“恭喜”，老残茫然不知道是何事。

掌柜的道：“我适才听说院上高大老爷亲自来请你老，说是抚台要想见你老，因此一路进衙门的。你老真好造化！上房一个李老爷，一个张老爷，都拿着京城里的信去见抚台，三次五次的见不着。偶然见着回把，这就要闹脾气、骂人，动不动就要拿片子送人到县里去打。像你老这样抚台②央出文案老爷来请进去谈谈，这面子有多大！哪怕不是立刻就有差使的吗？怎么样不给你老道喜呢！”老残道：“没有的事，你听他们胡说呢。高大老爷是我替他家医治好了病，我说，抚台衙门里有个珍珠泉，可能引我们去见识见识，所以昨日高大老爷偶然得空，来约我看泉水的。那里有抚台来请我的话！”掌柜的道：“我知道的，你老别骗我。先前高大老爷在这里说话的时候，我听他管家说，抚台进去吃饭，走从高大老爷房门口过，还嚷说：‘你赶紧吃过饭，就去约

---

① 盘桓（huán）——徘徊；逗留。
② 抚台——抚院的俗称。

那个铁公来哪！去迟，恐怕他出门，今儿就见不着了。’”老残笑道：“你别信他们胡诌，没有的事。”掌柜的道：“你老放心，我不问你借钱。”

只听外边大嚷：“掌柜的在那儿呢？”掌柜的慌忙跑出去。只见一个人，戴了亮蓝顶子，拖着花翎①，穿了一双抓地虎靴子，紫呢夹袍，天青哈喇马褂，一手提着灯笼，一手拿了个双红名帖，嘴里喊：“掌柜的呢？”掌柜的说：“在这儿，在这儿！你老啥事？”那人道：“你这儿有位铁爷吗？”掌柜的道：“不错，不错，在这东厢房里住着呢。我引你去。”

两人走进来，掌柜指着老残道：“这就是铁爷。”那人赶了一步，进前请了一个安，举起手中帖子，口中说道：“宫保说，请铁老爷的安！今晚因学台请吃饭，没有能留铁老爷在衙门里吃饭，所以叫厨房里赶紧办了一桌酒席，叫立刻送过来。宫保说，不中吃，请铁老爷格外包涵些。”那人回头道：“把酒席抬上来。”那后边的两个人抬着一个三屉的长方抬盒，揭了盖子，头屉是碟子小碗，第二屉是燕窝鱼翅等类大碗，第三屉是一个烧小猪、一只鸭子，还有两碟点心。打开看过，那人就叫：“掌柜的呢？”这时，掌柜同茶房等人站在旁边，久已看呆了，听叫，忙应道：“啥事？”那人道：“你招呼着送到厨房里去。”老残忙道：“宫保这样费心，是不敢当的。”一面让那人房里去坐坐吃茶，那人再三不肯。老残固让，那人才进房，在下首一个杌子上坐下；让他

① 花翎（líng）——孔雀翎，清朝官员拖在帽后表示荣耀的装饰品。

上炕，死也不肯。

老残拿茶壶，替他倒了碗茶。那人连忙立起，请了个安道谢，因说道："听宫保吩咐，赶紧打扫南书房院子，请铁老爷明后天进去住呢。将来有什么差遣，只管到武巡捕房呼唤一声，就过去伺候。"老残道："岂敢，岂敢！"那人便站起来，又请了个安，说："告辞，要回衙消差，请赏个名片。"老残一面叫茶房来，给了挑盒子的四百钱；一面写了个领谢帖子，送那人出去。那人再三固让，老残仍送出大门，看那人上马去了。

老残从门口回来，掌柜的笑眯眯地迎着说道："你老还要骗我！这不是抚台大人送了酒席来了吗？刚才来的，我听说是武巡捕赫大老爷，他是个参将①呢。这二年里，住在俺店里的客，抚台也常有送酒席来的，都不过是寻常酒席，差个戈什②来就算了。像这样尊重，俺这里是头一回呢！"老残道："那也不必管他，寻常也好，异常也好，只是这桌菜怎样销法呢？"掌柜的道："或者分送几个至好朋友，或者今晚赶写一个帖子，请几位体面客，明儿带到大明湖上去吃。抚台送的，比金子买的还荣耀得多呢。"老残笑道："既是比金子买的还要荣耀，可有人要买？我就卖它两把金子来，抵还你的房饭钱罢。"掌柜的道："别忙，你老房饭钱，我很不怕，自有人来替你开发。你老不信，试试我的话，看

---

① 参将——清朝兵制：汉军用绿旗，通称"绿营"，分驻各省，最高的统军官叫提督。参将是绿营的军官，正三品衔。

② 戈什——满语的音译，也写作戈什哈。督、抚等高级官员的侍从武弁。

灵不灵！”老残道：“管他怎么呢，只是今晚这桌菜，依我看，倒是转送了你去请客罢。我很不愿意吃它，怪烦的慌。”

二人讲了些时，仍是老残请客，就将这本店的住客都请到上房明间里去。这上房住的，一个姓李，一个姓张，本是极倨傲的。今日见抚台如此契重，正在想法联络联络，以为托情谋保举地步。却遇老残借他的外间请本店的人，自然是他二人上坐，喜欢的无可如何。所以这一席间，将个老残恭维得浑身难受。十分没法，也只好敷衍几句。好容易一席酒完，各自散去。

哪知这张李二公，又亲自到厢房里来道谢，一替一句，又奉承了半日。姓李的道：“老兄可以捐①个同知②，今年随捐一个过班，明年春间大案，又是一个过班，秋天引见，就可得济东泰武临道。先署后补，是意中事。”姓张的道：“李兄是天津的首富，如老兄可以照应他得两个保举，这捐官之费，李兄可以拿出奉借。等老兄得了优差，再还不迟。”老残道：“承两位过爱，兄弟总算有造化的了。只是目下尚无出山之志，将来如要出山，再为奉恳。”两人又力劝了一回，各自回房安寝。

老残心里想道：“本想再为盘桓两天，看这光景，恐无谓的纠缠，要越逼越紧了。‘三十六计，走为上计’。”当夜遂写了一封书，托高绍殷代谢庄宫保的厚谊。天未明，即将店帐算清楚，雇了一辆二把手的小车，就出城去了。

---

① 捐——清朝三品以下的官，都可以花数量不等的钱向政府买得。

② 同知——清朝地方行政组织分四级：省、道、府、县。府的长官叫知府，次官叫同知，是正五品的官。

出济南府西门，北行十八里，有个镇市，名叫雒①口。当初黄河未并大清河的时候，凡城里的七十二泉泉水，皆从此地入河，本是个极繁盛的所在。自从黄河并了，虽仍有货船来往，究竟不过十分之一二，差得远了。老残到了雒口，雇了一只小船，讲明逆流送到曹州府属董家口下船，先付了两吊钱，船家买点柴米。却好本日是东南风，挂起帆来，"呼呼"的去了。走到太阳将要落山，已到了齐河县城，抛锚住下。第二日住在平阴，第三日住在寿张，第四日便到了董家口，仍在船上住了一夜。天明开发船钱，将行李搬在董家口一个店里住下。

这董家口，本是曹州府到大名府的一条大道，故很有几家车店。这家店就叫个董二房老店。掌柜的姓董，有六十多岁，人都叫他老董。只有一个伙计，名叫王三。老残住在店内，本该雇车就往曹州府去，因想沿路打听那玉贤的政绩，故缓缓起行，以便察访。

这日有辰牌时候，店里住客，连那起身极迟的，也都走了。店伙打扫房屋，掌柜的账已写完，在门口闲坐。老残也在门口长凳上坐下，向老董说道："听说你们这府里的大人，办盗案好得很，究竟是个什么情形？"那老董叹口气道："玉大人官却是个清官，办案也实在尽力，只是手太辣些。初起还办着几个强盗，后来强盗摸着他的脾气，这玉大人倒反做了强盗的兵器了。"

老残道："这话怎么讲呢？"老董道："在我们此地西南角上，

---

① 雒（luò）——同洛。

有个村庄，叫于家屯。这于家屯也有二百多户人家。那庄上有个财主，叫于朝栋，生了两个儿子，一个女儿。二子都娶了媳妇，养了两个孙子。女儿也出了阁。这家人家，过的日子很为安逸。不料祸事临门，去年秋间，被强盗抢了一次。其实也不过抢去些衣服首饰，所值不过几百吊钱。这家就报了案，经这玉大人极力的严拿，居然也拿住了两个为从的强盗伙计，追出来的赃物不过几件布衣服。那强盗头脑早已不知跑到哪里去了。

“谁知因这一拿，强盗结了冤仇。到了今年春天，那强盗竟在府城里面抢了一家子。玉大人雷厉风行的，几天也没有拿着一个人。过了几天，又抢了一家子。抢过之后，大明大白的放火。你想，玉大人可能依呢？自然调起马队，追下来了。

“那强盗抢过之后，打着火把出城，手里拿着洋枪，谁敢上前拦阻。出了东门，望北走了十几里地，火把就灭了。玉大人调了马队，走到街上，地保、更夫就将这情形详细禀报。当时放马追出了城，远远还看见强盗的火把。追了二三十里，看见前面又有火光，带着两三声枪响。玉大人听了，怎能不气呢？仗着胆子本来大，他手下又有二三十匹马，都带着洋枪，还怕什么呢。一直的追去，不是火光，便是枪声。到了天快明时，眼看离追上不远了。那时也到了这于家屯了。过了于家屯再往前追，枪也没有，火也没有。

“玉大人心里一想，说道：‘不必往前追，这强盗一定在这村庄上了。’当时勒回了马头，到了庄上，在大街当中有个关帝庙下了马。吩咐手下的马队，派了八个人，东南西北，一面两匹马

把住，不许一个人出去；将地保、乡约等人叫起。这时天已大明了。这玉大人自己带着马队上的人，步行从南头到北头，挨家去搜。搜了半天，一些形迹没有。又从东望西搜去，刚刚搜到这于朝栋家，搜出三枝土枪，又有几把刀，十几根竿子。

“玉大人大怒，说强盗一定在他家了。坐在厅上，叫地保来问：‘这是什么人家？’地保回道：‘这家姓于。老头子叫于朝栋，有两个儿子：大儿子叫于学诗，二儿子叫于学礼，都是捐的监生①。玉大人立刻叫把这于家父子三人带上来。你想，一个乡下人，见了府里大人来了，又是盛怒之下，哪有不怕的道理呢？上得厅房里，父子三个跪下，已经是飒飒的抖，那里还能说话。

玉大人说道：你好大胆！你把强盗藏到那里去了？那老头子早已吓得说不出话来。还是他二儿子，在府城里读过两年书，见过点世面，胆子稍为壮些，跪着伸直了腰，朝上回道：‘监生家里向来是良民，从没有同强盗往来的，如何敢藏着强盗？’玉大人道：‘既没有勾通强盗，这军器从那里来的？’于学礼道：‘因去年被盗之后，庄上不断常有强盗来，所以买了几根竿子，叫田户、长工轮班来几个保家。因强盗都有洋枪，乡下洋枪没有买处，也不敢买，所以从他们打鸟儿的回了两三枝土枪，夜里放两声，惊吓惊吓强盗的意思。’

“玉大人喝道：‘胡说！哪有良民敢置军火的道理！你家一定是强盗！’回头叫了一声：‘来！’那手下人便齐声像打雷一样答

① 监生（jiàn shēng）——明清在国子监肄业的，统称监生，初由学政考取，或由皇帝特许。后则仅存虚名，不被重视。

应了一声：‘喳！’玉大人说：‘你们把前后门都派人守了，替我切实的搜！’这些马兵遂到他家，从上房里搜起，衣箱橱柜，全行抖擞一个尽，稍为轻便值钱一点的首饰，就掖[1]在腰里去了。搜了半天，倒也没有搜出什么犯法的东西。哪知搜到后来，在西北角上，有两间堆破烂农器的一间屋子里，搜出了一个包袱，里头有七八件衣裳，有三四件还是旧绸子的。马兵拿到厅上，回说：‘在堆东西的里房搜出这个包袱，不像是自己的衣服，请大人验看。’

“那玉大人看了，眉毛一皱，眼睛一凝，说道：‘这几件衣服，我记得仿佛是前天城里失盗那一家子的。姑且带回衙门去，照失单查对。’就指着衣服向于家父子道：‘你说这衣服哪里来的？’于家父子面面相窥[2]，都回不出。还是于学礼说：‘这衣服实在不晓得哪里来的。’玉大人就立起身来，吩咐：‘留下十二个马兵，同地保将于家父子带回城去听审！’说着就出去。跟从的人拉过马来，骑上了马，带着余下的人先进城去。

“这里于家父子同他家里人抱头痛哭。这十二个马兵说：‘我们跑了一夜，肚子里很饿，你们赶紧给我们弄点吃的，赶紧走罢！大人的脾气谁不知道，越迟去越不得了。’地保也慌张的回去交代一声，收拾行李，叫于家预备了几辆车子，大家坐了进

---

① 掖（yē）——塞进。

② 面面相窥（kuī）——即面面相觑。觑：看，偷看。你看我，我看你，互相对看。形容做错了事或极其惊慌时，有关的人不知如何是好的样子。

去。赶到二更多天，才进了城。

“这里于学礼的媳妇，是城里吴举人的姑娘，想着她丈夫同她公公、大伯子都被捉去的，断不能松散，当时同她大嫂子商议，说：‘他们爷儿三个都被拘了去，城里不能没个人照料。我想，家里的事，大嫂子，你老照管着；这里我也赶忙追进城去，找俺爸爸想法子去。你看好不好?’她大嫂子说：‘很好，很好。我正想着城里不能没人照应。这些管庄子的都是乡下老儿，就差几个去，到得城里，也跟傻子一样，没有用处的。’说着，吴氏就收拾收拾，选了一挂双套飞车，赶进城去。到了她父亲面前，嚎啕大哭。这时候不过一更多天，比他们父子三个，还早十几里地呢。

“吴氏一头哭着，一头把飞灾大祸告诉了她父亲。她父亲吴举人一听，浑身发抖，抖着说道：‘犯着这位丧门星，事情可就大大的不妥了，我先去走一趟看罢！’连忙穿了衣服，到府衙门求见。号房上去回过，说：‘大人说的，现在要办盗案，无论什么人，一应不见。’吴举人同里头刑名师爷素来相好，连忙进去见了师爷，把这种种冤枉说了一遍。师爷说：‘这案在别人手里，断然无事。但这位东家向来不照律例办事的。如能交到兄弟书房里来，包你无事。恐怕不交下来，那就没法了。’

“吴举人接连作了几个揖，重托了出去。赶到东门口，等他亲家、女婿进来。不过一钟茶的时候，那马兵押着车子已到。吴举人抢到面前，见他三人，面无人色。于朝栋看了看，只说了一句‘亲家救我’，那眼泪就同潮水一样的直流下来。

“吴举人方要开口，旁边的马兵嚷道：‘大人久已坐在堂上等着呢！已经四五拨子马来催过了，赶快走罢！’车子也并不敢停留。吴举人便跟着车子走着，说道：‘亲家宽心！汤里火里，我但有法子，必去就是了。’说着，已到衙门口。只见衙里许多公人出来催道：‘赶紧带上堂去罢！’当时来了几个差人，用铁鍊①子将于家父子锁好，带上去。方跪下，玉大人拿了失单交下来，说：‘你们还有得说的吗？’于家父子方说得一声‘冤枉’，只听堂上惊堂一拍，大嚷道：‘人赃现获，还喊冤枉！把他站起来！去！’左右差人连拖带拽，拉下去了。”未知后事如何，且听下回分解。

① 鍊——同链。

# 第　五　回

## 烈妇有心殉节　乡人无意逢殃

话说老董说到此处，老残问道："那不成就把这人家爷儿三个都站死了吗?"老董道："可不是呢！那吴举人到府衙门请见的时候，他女儿——于学礼的媳妇——也跟到衙门口，借了延生堂的药铺里坐下，打听消息。听说府里大人不见她父亲，已到衙门里头求师爷去了，吴氏便知事体不好，立刻叫人把三班头儿请来。

"那头儿姓陈，名仁美，是曹州府著名的能吏。吴氏将他请来，把被屈的情形告诉了一遍，央他从中设法。陈仁美听了，把头连摇几摇，说：'这是强盗报仇，做的圈套。你们家又有上夜的，又有保家的，怎么就让强盗把赃物送到家中屋子里还不知道？也算得个特等马虎了！'吴氏就从手上抹下一副金镯子，递给陈头，说：'无论怎样，总要头儿费心！但能救得三人性命，无论花多少钱都愿意。不怕将田地房产卖尽，咱一家子要饭吃去都使得。'陈头儿道：'我去替少奶奶设法，做得成也别欢喜，做不成也别埋怨，俺有多少力量用多少力量就是了。这早晚，他爷儿三个恐怕要到了，大人已是坐在堂上等着呢。我赶快替少奶奶打点去。'说罢告辞。

回到班房，把金镯子望堂中桌上一搁，开口道：'诸位兄弟叔伯们，今儿于家这案明是冤枉，诸位有什么法子，大家帮凑想想。如能救得他们三人性命，一则是件好事，二则大家也可沾润几两银子。谁能想出妙计，这副镯就是谁的。'大家答道：'哪有一准的法子呢！只好相机行事，做到哪里说哪里话罢。'说过，各人先去通知已站在堂上的伙计们留神方便。

"这时于家父子三个已到堂上。玉大人叫把他们站起来。就有几个差人横拖倒拽，将他三人拉下堂去。这边值日头儿就走到公案面前，跪了一条腿，回道：'禀大人的话：今日站笼没有空子，请大人示下。'那玉大人一听，怒道：'胡说！我这两天记得没有站什么人，怎会没有空子呢？'值日差回道：'只有十二架站笼，三天已满。请大人查簿子看。'大人一查簿子，用手在簿子上点着说：'一，二，三：昨儿是三个。一，二，三，四，五：前儿是五个。一，二，三，四：大前儿是四个。没有空，倒也不错的。'差人又回道：'今儿可否将他们先行收监？明天定有几个死的，等站笼出了缺，将他们补上好不好？请大人示下！'

"玉大人凝了一凝神，说道：'我最恨这些东西！若要将他们收监，岂不是又被他多活了一天去了吗？断乎不行！你们去把大前天站的四个放下，拉来我看。'差人去将那四人放下，拉上堂去。大人亲自下案，用手摸着四人鼻子，说道：'是还有点游气。'复行坐上堂去，说：'每人打二千板子，看他死不死！'哪知每人不消得几十板子，那四个人就都死了。众人没法，只好将于家父子站起，却在脚下选了三块厚砖，让他可以三四天不死，赶忙想法。谁知什么法子都想到，仍是不济。

“这吴氏真是好个贤惠妇人！她天天到站笼前来灌点参汤，灌了回去就哭，哭了就去求人，响头不知磕了几千，总没有人挽回得动这玉大人的牛性。于朝栋究竟上了几岁年纪，第三天就死了。于学诗到第四天也就差不多了。吴氏将于朝栋尸首领回，亲视含殓①，换了孝服，将她大伯、丈夫后事嘱托了她父亲，自己跪到府衙门口，对着于学礼哭了个死去活来。末后向她丈夫说道：‘你慢慢的走，我替你先到地下收拾房子去！’说罢，袖中掏出一把飞利的小刀，向脖子上只一抹，就没有了气了。

“这里三班头脑陈仁美看见，说：‘诸位，这吴少奶奶的节烈，可以请得旌表②的。我看，倘若这时把于学礼放下来，还可以活。我们不如借这个题目上去替他求一求罢。’众人都说：‘有理。’陈头立刻进去找了稿案门上，把那吴氏怎样节烈说了一遍，又说：‘民间的意思说：这节妇为夫自尽，情实可悯，可否求大人将她丈夫放下，以慰烈妇幽魂？’稿案说：‘这话很有理，我就替你回去。’抓了一顶大帽子戴上，走到签押房，见了大人，把吴氏怎样节烈，众人怎样乞恩，说了一遍。玉大人笑道：‘你们倒好，忽然的慈悲起来了！你会慈悲于学礼，你就不会慈悲你主人吗？这人无论冤枉不冤枉，若放下他，一定不能甘心，将来连我前程都保不住。俗语说的好，‘斩草要除根’，就是这个道理。

① 含殓（liàn）——传统的丧礼。含：将珠、饭等物纳入死者口中。殓：把死人装入棺材。合称含殓。

② 旌表——古时用立牌坊或挂匾额等方式表扬遵守封建礼教的人。

况这吴氏尤其可恨，她一肚子觉得我冤枉了她一家子。若不是个女人，她虽死了，我还要打她二千板子出出气呢！你传话出去，谁要再来替于家求情，就是得贿的凭据，不用上来回，就把这求情的人也用站笼站起来就完了！'稿案下来，一五一十将话告知了陈仁美。大家叹口气就散了。

"那里吴家业已备了棺木前来收殓。到晚，于学诗、于学礼先后死了。一家四口棺木，都停在西门外观音寺里，我春间进城还去看了看呢！"

老残道："于家后来怎么样呢，就不想报仇吗？"老董说道："那有什么法子呢！民家被官家害了，除却忍受，更有什么法子？倘若是上控，照例仍旧发回来审问，再落在他手里，还不是又饶上一个吗？

"那于朝栋的女婿倒是一个秀才。四个人死后，于学诗的媳妇也到城里去了一趟，商议着要上控。就有那老年见过世面的人说：'不妥，不妥！你想叫谁去呢？外人去，叫做事不干己，先有个多事的罪名。若说叫于大奶奶去罢，两个孙子还小，家里偌大的事业，全靠她一人支撑呢，她再有个长短，这家业怕不是众亲族一分，这两个小孩子谁来抚养？反把于家香烟绝了。'又有人说：'大奶奶是去不得的，倘若是姑老爷去走一趟，到没有什么不可。'她姑老爷说：'我去是很可以去，只是与正事无济，反叫站笼里多添个屈死鬼。你想，抚台一定发回原官审问，纵然派个委员前来会审，官官相护，他又拿着人家失单衣服来顶我们。我们不过说：那是强盗的移赃。他们问：你瞧见强盗移的吗？你

有什么凭据？那时自然说不出来。他是官，我们是民；他是有失单为凭的，我们是凭空里没有证据的。你说，这官事打得赢打不赢呢？’众人想想也是真没有法子，只好罢了。

“后来听得他们说：那移赃的强盗，听见这样，都后悔的了不得，说：‘我当初恨他报案，毁了我两个弟兄，所以用个借刀杀人的法子，让他家吃几个月官事，不怕不毁他一两千吊钱。谁知道就闹的这么厉害，连伤了他四条人命！委实我同他家也没有这大的仇隙。’”

老董说罢，复道：“你老想想，这不是给强盗做兵器吗？”老残道：“这强盗所说的话又是谁听见的呢？”老董道：“那是陈仁美他们碰了顶子下来，看这于家死的实在可惨，又平白的受了人家一副金镯子，心里也有点过不去，所以大家动了公愤，齐心齐意要破这一案。又加着那邻近地方，有些江湖上的英雄，也恨这伙强盗做的太毒，所以不到一个月，就捉住了五六个人。有三四个牵连着别的案情的，都站死了；有两三个专只犯于家移赃这一案的，被玉大人都放了。”

老残说：“玉贤这个酷吏，实在令人可恨！他除了这一案不算，别的案子办的怎么样呢？”老董说：“多着呢，等我慢慢的说给你老听。就咱这个本庄，就有一案，也是冤枉，不过条把人命就不算事了。我说给你老听……”

正要往下说时，只听他伙计王三喊道：“掌柜的，你怎么着了？大家等你挖面做饭吃呢！你老的话布口袋破了口儿，说不完了！”老董听着就站起，走往后边挖面做饭。接连又来了几辆小车，渐渐的打尖的客陆续都到店里，老董前后招呼，不暇来说闲话。

过了一刻，吃过了饭，老董在各处算饭钱，招呼生意，正忙得有劲。老残无事，便向街头闲逛。出门望东走了二三十步，有家小店，卖油盐杂货。老残进去买了两包兰花潮烟。顺便坐下，看柜台里边的人，约有五十多岁光景，就问他："贵姓?"那人道："姓王，就是本地人氏。你老贵姓?"老残道："姓铁，江南人氏。"那人道："江南真好地方！'上有天堂，下有苏杭'，不像我们这地狱世界。"老残道："此地有山有水，也种稻，也种麦，与江南何异?"那人叹口气道："一言难尽!"就不往下说了。

老残道："你们这玉大人好吗?"那人道："是个清官！是个好官！衙门口有十二架站笼，天天不得空，难得有天把空得一个两个的。"说话的时候，后面走出一个中年妇人，在山架上检寻物件，手里拿着一个粗碗，看柜台外边有人，她看了一眼，仍找物件。

老残道："哪有这么些强盗呢?"那人道："谁知道呢!"老残道："恐怕总是冤枉得多罢?"那人道："不冤枉，不冤枉!"老残道："听说他随便见着什么人，只要不顺他的眼，他就把他用站笼站死；或者说话说的不得法，犯到他手里，也是一个死。有这话吗?"那人说："没有！没有!"只是觉得那人一面答话，那脸就渐渐发青，眼眶子就渐渐发红。听到"或者说话说的不得法"这两句的时候，那人眼里已经阁了许多泪，未曾坠下。那找寻物件的妇人，朝外一看，却止不住泪珠直滚下来，也不找寻物件，一手拿着碗，一手用袖子掩了眼睛，跑往后面去，才走到院子里，就䰰䰰①的哭起来了。

老残颇想再望下问，因那人颜色过于凄惨，知道必有一番负屈含冤的苦，不敢说出来的光景，也只好搭讪着去了。走回店去就到本房坐了一刻，看了两页书，见老董事也忙完，就缓缓的走出，找着老董闲话，便将刚才小杂货店里所见光景告诉老董，问他是什么缘故。老董说："这人姓王，只有夫妻两个，三十岁上成家。他女人小他头十岁呢。成家后，只生了一个儿子，今年已经二十一岁了。这家店里的货，粗笨的，本庄有集的时候买进；那细巧一点子的，都是他这儿子到府城里去贩买。春间，他儿子在府城里，不知怎样，多吃了两杯酒，在人家店门口，就把这玉大人怎样糊涂、怎样好冤枉人，随口瞎说。被玉大人心腹私访的人听见，就把他抓进衙门。大人坐堂，只骂了一句说：'你这东西妖言惑众，还了得吗！'站起站笼，不到两天就站死了。你老才见的那中年妇人就是这王姓的妻子，她也四十岁外了。夫妻两个只有此子，另外更无别人。你提起玉大人，叫他怎样不伤心呢？"

老残说："这个玉贤真正是死有余辜的人，怎样省城官声好到那步田地？煞是怪事！我若有权，此人在必杀之例。"老董说："你老小点嗓子！你老在此地，随便说说还不要紧；若到城里，可别这么说了，要送性命的呢！"老残道："承关照，我留心就是

① 䰰（rǔ）䰰——䰰，鬼声。形容哭声的凄惨。

了。”当日吃过晚饭，安歇。第二天，辞了老董，上车动身。

到晚，住了马村集。这集比董家口略小些，离曹州府城只有四五十里远近。老残在街上看了，只有三家车店，两家已经住满，只有一家未有人住，大门却是掩着。老残推门进去，找不着人。半天，才有一个人出来说：“我家这两天不住客人。”问他什么缘故，却也不说。欲往别家，已无隙地，不得已，同他再三商议。那人才没精打采的开了一间房间，嘴里还说：“茶水饭食都没有的，客人没地方睡，在这里将就点罢。我们掌柜的进城收尸去了，店里没人，你老吃饭喝茶，门口南边有个饭店带茶馆。可以去的。”老残连声说：“劳驾，劳驾！行路的人怎样将就都行得的。”那人说：“我困在大门旁边南屋里，你老有事，来招呼我罢。”

老残听了“收尸”二字，心里着实放心不下。晚间吃完了饭，回到店里，买了几块茶乾，四五包长生果，又沽①了两瓶酒，连那沙瓶携了回来。那个店伙早已把灯掌上。老残对店伙道：“此地有酒，你闩了大门，可以来喝一杯吧。”店伙欣然应诺，跑去把大门上了大闩，一直进来，立着说：“你老请用罢，俺是不敢当的。”老残拉他坐下，倒了一杯给他。他欢喜的支着牙，连说“不敢”，其实酒杯子早已送到嘴边去了。

初起说些闲话，几杯之后，老残便问：“你方才说掌柜的进城收尸去了，这话怎讲？难道又是甚人害在玉大人手里了吗？”

---

① 沽——买。

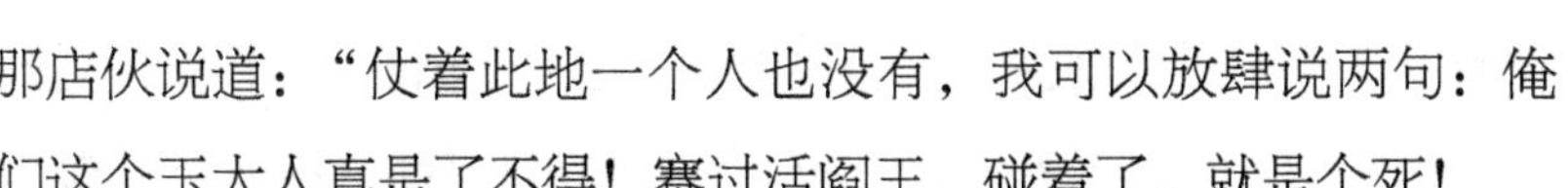

那店伙说道："仗着此地一个人也没有，我可以放肆说两句：俺们这个玉大人真是了不得！赛过活阎王，碰着了，就是个死！

"俺掌柜的进城，为的是他妹夫。他这妹夫也是个极老实的人。因为掌柜的哥妹两个极好，所以都住在这店里后面。他妹夫常常在乡下机上买几匹布，到城里去卖，赚几个钱贴补着零用。那天背着四匹白布进城，在庙门口摆在地下卖，早晨卖去两匹，后来又卖去了五尺。末后又来一个人，撕八尺五寸布，一定要在那整匹上撕，说情愿每尺多给两个大钱，就是不要撕过那匹上的布。乡下人见多卖十几个钱，有个不愿意的吗？自然就给他撕了。谁知没有两顿饭工夫，玉大人骑着马，走庙门口过，旁边有个人上去不知说了两句什么话，只见玉大人朝他望了望，就说：'把这个人连布带到衙门里去。'

"到了衙门，大人就坐堂，叫把布呈上去，看了一看，就拍着惊堂问道：'你这布哪里来的？'他说：'我乡下买来的。'又问：'每个有多少尺寸？'他说：'一个卖过五尺，一个卖过八尺五寸。'大人说：'你既是零卖，两个是一样的布，为什么这个上撕撕，那个上扯扯呢？还剩多少尺寸，怎么说不出来呢？'叫差人：'替我把这布量一量！'当时量过，报上去说：'一个是二丈五尺，一个是二丈一尺五寸。'

"大人听了，当时大怒，发下一个单子来，说：'你认识字吗？'他说：'不认识。'大人说：'念给他听！'旁边一个书办先生拿过单子念道：'十七日早，金四报：昨日太阳落山时候，在西门外十五里地方被劫。是一个人从树林子里出来，用大刀在我肩膀上砍了一刀，抢去大钱一吊四百，白布两个：一个长二丈五尺，一个长二丈一尺五寸。’念到此，玉大人说：‘布匹尺寸颜色都与失单相符，这案不是你抢的吗？你还想狡强吗？拉下去站起来！把布匹交还金四完案。’”未知后事如何，且听下回分解。

# 第　六　回

## 万家流血顶染猩红　一席谈心辩生狐白

话说店伙说到将他妹夫扯去站了站笼，布匹交金四完案。老残便道："这事我已明白，自然是捕快做的圈套，你们掌柜的自然应该替他收尸去的。但是，他一个老实人，为什么人要这么害他呢，你掌柜的就没有打听打听吗？"

店伙道："这事，一被拿，我们就知道了，都是为他嘴快惹下来的乱子。我也是听人家说的：府里南门大街西边小胡同里，有一家子，只有父子两个：他爸爸四十来岁，他女儿十七八岁，长的有十分人材，还没有婆家。他爸爸做些小生意，住了三间草房，一个土墙院子。这闺女有一天在门口站着，碰见了府里马队上什长花胳膊王三，因此王三看她长的体面，不知怎么，胡二巴越的就把她弄上手了。过了些时，活该有事，被她爸爸回来一头碰见，气了个半死，把她闺女着实打了一顿，就把大门锁上，不许女儿出去。不到半个月，那花胳膊王三就编了法子，把她爸爸也算了个强盗，用站笼站死。后来不但他闺女算了王三的媳妇，就连那点小房子也算了王三的产业。

"俺掌柜的妹夫，曾在他家卖过两回布，认得他家，知道这件事情。有一天，在饭店里多吃了两钟酒，就发起疯来，同这北街上的张二秃子，一面吃酒，一面说话，说怎么样缘故，这些人怎么样没个天理。那张二秃子也是个不知厉害的人，听得高兴，尽往下问，说：‘他还是义和团里的小师兄呢，那二郎、关爷多少正神常附在他身上，难道就不管管他吗？’他妹夫说：‘可不是呢。听说前些时，他请孙大圣，孙大圣没有到，还是猪八戒老爷下来的。倘若不是因为他昧良心，为什么孙大圣不下来，倒叫猪八戒下来呢？我恐怕他这样坏良心，总有一天碰着大圣不高兴的时候，举起金箍棒来给他一棒，那他就受不住了。’二人谈得高兴，不知早被他们团里朋友，报给王三，把他们两人面貌记得烂熟。没有数个月的工夫，把他妹夫就毁了。张二秃子知道势头不好，仗着他没有家眷，‘天明四十五’，逃往河南归德府去找朋友去了。

“酒也完了，你老睡罢。明天倘若进城，千万说话小心！俺们这里人人都耽着三分惊险，大意一点儿，站笼就会飞到脖儿梗上来的。”于是站起来，桌上摸了个半截线香，把灯拨了拨，说：“我去拿油壶来添添这灯。”老残说：“不用了，各自睡罢。”两人分手。

到了次日早晨，老残收检行李，叫车夫来搬上车子。店伙送出，再三叮咛：“进了城去，切勿多话。要紧，要紧！”老残笑着答道：“多谢关照。”一面车夫将车子推动，向南大路进发，不过午牌时候，早已到了曹州府城。进了北门，就在府前大街寻了一家客店，找了个厢房住下。跑堂的来问了饭菜，就照样办来吃过

了，便到府衙门前来观望观望。看那大门上悬着通红的彩绸，两旁果真有十二个站笼，却都是空的，一个人也没有，心里诧异道："难道一路传闻都是谎话吗？"踅了一会儿，仍自回到店里。只见上房里有许多戴大帽子的人出入，院子里放了一肩蓝呢大轿，许多轿夫穿了棉袄裤，也戴着大帽子，在那里吃饼；又有几个人穿着号衣，上写着"城武县民壮"字样，心里知道这上房住的必是城武县了。过了许久，见上房里家人喊了一声"伺候"，那轿夫便将轿子搭到阶下。前头打红伞的拿了红伞，马棚里牵出了两匹马，登时上房里红呢帘子打起，出来了一个人，水晶顶①，补褂朝珠②，年纪约在五十岁上下，从台阶上下来，进了轿子，呼的一声，抬起出门去了。

老残见了这人，心里想到："何以十分面善？我也未到曹属来过，此人是在那里见过的呢？……"想了些时，想不出来，也就罢了。因天时尚早，复到街上访问本府政绩，竟是异口同声说好，不过都带有惨淡颜色，不觉暗暗点头，深服古人"苛政猛于虎"一语真是不错。

回到店中，在门口略为小坐。却好那城武县已经回来，进了店门，从玻璃窗里朝外一看，与老残正属四目相对。一恍的时候，轿子已到上房阶下，那城武县从轿子里出来，家人放下轿

① 水晶顶——清朝五品官的官帽顶子，规定用水晶。

② 补褂朝珠——补褂，清朝官员的正式官服，青色贡缎制成的外褂，前后开衩，胸、背各绣一块方形的图案，文官绣鸟，武官绣兽，随品级而异。朝珠，清朝官员挂在胸前的装饰品。

帘，跟上台阶。远远看见他向家人说了两句话，只见那家人即向门口跑来，那城武县仍站在台阶上等着。家人跑到门口，向老残道："这位是铁老爷么?"老残道："正是。你何以知道？你贵上姓什么?"家人道："小的主人姓申，新从省里出来，抚台委署城武县的，说请铁老爷上房里去坐呢。"老残恍然想起，这人就是文案上委员申东造。因虽会过两三次，未曾多余接谈，故记不得了。

老残当时上去，见了东造，彼此作了个揖。东造让到里间屋内坐下，嘴里连称："放肆，我换衣服。"当时将官服脱去，换了便服，分宾主坐下，问道："补翁是几时来的？到这里多少天了？可是就住在这店里吗?"老残道："今日到的，出省不过六七天，就到此地了。东翁是几时出省？到过任再来的吗?"东造道："兄弟也是今天到，大前天出省。这夫马人役是接到省城去的。我出省的前一天，还听姚云翁说：宫保看补翁去了，心里着实难过，说自己一生契重名士，以为无不可招致之人，今日竟遇着一个铁君，真是浮云富贵。反心内照，愈觉得龌龊不堪了！"

老残道："宫保爱才若渴，兄弟实在钦佩的。至于出来的缘故，并不是肥遯鸣高①的意思：一则深知自己才疏学浅，不称揄扬；二则因这玉太尊声望过大，到底看看是个何等人物。至'高尚'二字，兄弟不但不敢当，且亦不屑为。天地生才有数，

① 肥遯鸣高——肥遯，即飞遁，远离世俗，隐居起来的意思；鸣高，自鸣清高。

若下愚蠢陋的人，高尚点也好借此藏拙；若真有点济世之才，竟自遯世，岂不辜负天地生才之心吗？”东造道：“屡闻至论，本极佩服；今日之说，则更五体投地。可见长沮、桀溺①等人为孔子所不取的了。只是目下在补翁看来，我们这玉太尊究竟是何等样人？”老残道：“不过是下流的酷吏，又比郅都、甯成②等人次一等了。”东造连连点头，又问道：“弟等耳目有所隔阂，先生布衣游历，必可得其实在情形。我想太尊残忍如此，必多冤枉，何以竟无上控的案件呢？”老残便将一路所闻细说一遍。

说得一半的时候，家人来请吃饭。东造遂留老残同吃，老残亦不辞让。吃过之后，又接着说去。说完了，便道：“我只有一事疑惑：今日在府门前瞻望，见十二个站笼都空着，恐怕乡人之言，必有靠不住处。”东造道：“这却不然。我适在菏泽县署中，听说太尊是因为晚日得了院上行知，除已补授实缺外，在大案里又特保了他个以道员在任候补，并俟归道员班后，赏加二品衔的保举。所以停刑三日，让大家贺喜。你不见衙门口挂着红彩绸吗？听说停刑的头一日，即是昨日，站笼上还有几个半死不活的人，都收了监了。”彼此叹息了一回。老残道：“旱路劳顿，天时不早了，安息罢。”东造道：“明日晚间，还请枉驾谈谈，弟有极难处置之事，要得领教，还望不弃才好。”

① 长沮、桀溺——春秋时的两个隐士。他们对孔子到处奔波、干预政治的行动很不赞成。

② 郅都、甯（同宁）成——两人都是历史上有名的酷吏。

说罢，各自归寝。

到了次日，老残起来，见那天色阴的很重，西北风虽不甚大，觉得棉袍子在身上有飘飘欲仙之致。洗过脸，买了几根油条当了点心，没精打采的到街上徘徊些时。正想上城墙上去眺望远景，见那空中一片一片的飘下许多雪花来，顷刻之间，那雪便纷纷乱下，回旋穿插，越下越紧。赶急走回店中，叫店家笼了一盆火来。那窗户上的纸，只有一张大些的，悬空了半截，经了雪的潮气，迎着风"霍铎霍铎"价响。旁边零碎小纸，虽没有声音，却不住的乱摇。房里便觉得阴风森森，异常惨淡。

老残坐着无事，书又在箱子里不便取，只是闷闷的坐，不禁有所感触，遂从枕头匣内取出笔砚来，在墙上题诗一首，专咏玉贤之事。诗曰：

**得失沦肌髓，因之急事功。冤埋城阙暗，血染顶珠红。**

**处处鸺鹠雨，山山虎豹风。杀民如杀贼，太守是元戎！**

下题"江南徐州铁英题"七个字。

写完之后，便吃午饭。饭后，那雪越发下得大了。站在房门口朝外一看，只见大小树枝，仿佛都用簇新的棉花裹着似的。树上有几个老鸦，缩着颈项避寒，不住的抖擞翎毛，怕雪堆在身上。又见许多麻雀儿，躲在屋檐底下，也把头缩着怕冷，其饥寒之状殊觉可悯。因想："这些鸟雀，无非靠着草木上结的实，并些小虫蚁儿充饥度命。现在各样虫蚁自然是都入蛰，见不着的了。就是那草木之实，经这雪一盖，那里还有呢？倘若

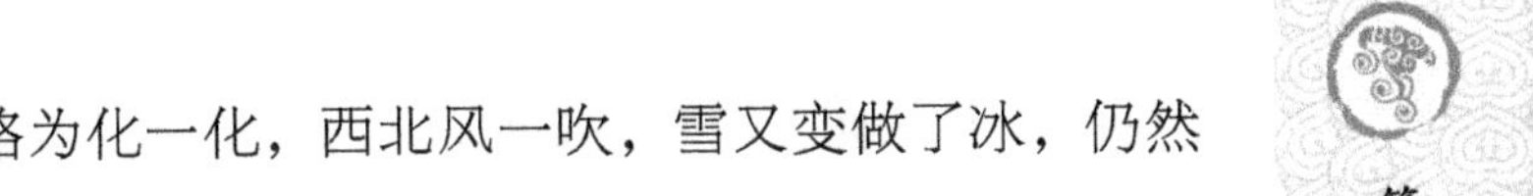

明天晴了，雪略为化一化，西北风一吹，雪又变做了冰，仍然是找不着，岂不要饿到明春吗？”想到这里，觉得替这些鸟雀愁苦的受不得。转念又想：“这些鸟雀虽然冻饿，却没有人放枪伤害他，又没有什么网罗来捉他，不过暂时饥寒，撑到明年开春，便快活不尽了。若像这曹州府的百姓呢，近几年的年岁，也就很不好。又有这么一个酷虐的父母官，动不动就捉了去当强盗待，用站笼站杀，吓的连一句话也说不出来，于饥寒之外，又多一层惧怕，岂不比这鸟雀还要苦吗！”想到这里，不觉落下泪来。又见那老鸦有一阵“刮刮”地叫了几声，仿佛他不是号寒啼饥，却是为有言论自由的乐趣，来骄这曹州府百姓似的。想到此处，不觉怒发冲冠，恨不得立刻将玉贤杀掉，方出心头之恨。

正在胡思乱想，见门外来了一乘蓝呢轿，并执事人等，知是申东造拜客回店了。因想：“我为什么不将这所见所闻的，写封信告诉庄宫保呢？”于是从枕箱里取出信纸信封来，提笔便写。哪知刚才题壁，在砚台上的墨早已冻成坚冰了，于是呵一点写一点。写了不过两张纸，天已很不早了。砚台上呵开来，笔又冻了，笔呵开来，砚台上又冻了，呵一回，不过写四五个字，所以耽搁工夫。

正在两头忙着，天色又暗起来，更看不见。因为阴天，所以比平常更黑得早，于是喊店家拿盏灯来。喊了许久，店家方拿了一盏灯，缩手缩脚的进来，嘴里还喊道：“好冷呀！”把灯放下，手指缝里夹了个纸煤子，吹了好几吹，才吹着。那灯里是新倒上的冻油，堆的像大螺丝壳似的，点着了还是不亮。店家道："等一会，油化开就亮了。"拨了拨灯，把手还缩到袖子里去，站着看那灯灭不灭。起初灯光不过有大黄豆大，渐渐的得了油，就有小蚕豆大了。忽然抬头看见墙上题的字，惊惶道："这是你老写的吗？写的是啥？可别惹出乱子呀！这可不是玩儿的！"赶紧又回过头，朝外看看，没有人，又说道："弄的不好，要坏命的！我们还要受连累呢！"老残笑道："底下写着我的名字呢，不要紧的。"

说着，外面进来了一个人，戴着红缨帽子，叫了一声"铁老爷"，那店家就趔趔趄趄的去了。那进来的人道："敝上请铁老爷去吃饭呢。"原来就是申东造的家人。老残道："请你们老爷自用罢，我这里已经叫他们去做饭，一会儿就来了。说我谢谢罢。"那人道："敝上说：店里饭不中吃。我们那里有人送的两只山鸡，已经都片出来了，又片了些羊肉片子，说请铁老爷务必上去吃火锅子呢。敝上说：如铁老爷一定不肯去，敝上就叫把饭开到这屋里来吃。我看，还是请老爷上去罢：那屋子里有大火盆，有这屋里火盆四五个大，暖和得多呢；家人们又得伺候，请你老成全家人罢！"

老残无法，只好上去。申东造见了，说："补翁，在那屋里做什么？恁①大雪天，我们来喝两杯酒罢！今儿有人送来极新鲜的山鸡，烫了吃，很好的，我就借花献佛了。"说着，便入了座。

① 恁（nèn）——如此；这样。

家人端上山鸡片，果然有红有白，煞是好看。烫着吃，味更香美。东造道：“先生吃得出有点异味吗？”老残道：“果然有点清香，是什么道理？”东造道：“这鸡出在肥城县桃花山里头的。这山里松树极多，这山鸡专好吃松花松实，所以有点清香，俗名叫做‘松花鸡’。虽在此地，亦很不容易得的。”老残赞叹了两句，厨房里饭菜也就端上桌子。

两人吃过了饭。东造约到里间房里吃茶、向火。忽然看见老残穿着一件棉袍子，说道：“这种冷天，怎么还穿棉袍子呢？”老残道：“毫不觉冷。我们从小儿不穿皮袍子的人，这棉袍子的力量恐怕比你们的狐皮还要暖和些呢。”东造道：“那究竟不妥。”喊：“来个人！你们把我扁皮箱里，还有一件白狐一裹圆的袍子取出来，送到铁老爷屋子里去。”

老残道：“千万不必，我决非客气！你想，天下有个穿狐皮袍子摇串铃的吗？”东造道：“你那串铃，本可以不摇，何必矫俗①到这个田地呢！承蒙不弃，拿我兄弟还当个人，我有两句放肆的话要说，不管你先生恼我不恼我。昨儿听先生鄙薄那肥遯鸣高的人，说道：‘天地生才有限，不宜妄自菲薄。’这话，我兄弟五体投地的佩服。然而先生所做的事情，却与至论有点违背。宫保一定要先生出来做官，先生却半夜里跑了，一定要出来摇串

① 矫俗——故意违反常情，表示自己的高超、清高或与众不同。

铃。试问，与那凿坏而遁，洗耳不听①的，有何分别呢？兄弟话未免鲁莽，有点冒犯，请先生想一想，是不是呢？”

老残道：“摇串铃，诚然无济于世道，难道做官就有济于世道吗？请问：先生此刻已经是城武县一百里万民的父母了，其可以有济于民处何在呢？先生必有成竹在胸，何妨赐教一二呢？我知先生在前已做过两三任官的，请教已过的善政，可有出类拔萃的事迹呢？”东造道：“不是这么说。像我们这些庸材，只好混混罢了。阁下如此宏材大略，不出来做点事情，实在可惜。无才者抵死要做官，有才者抵死不做官，此正是天地间第一憾事！”

老残道：“不然。我说无才的要做官很不要紧，正坏在有才的要做官。你想，这个玉太尊，不是个有才的吗？只为过于要做官，且急于做大官，所以伤天害理的做到这样。而且政声又如此其好，怕不数年之间就要方面兼圻②的吗。官愈大，害愈甚：守一府则一府伤，抚一省则一省残，宰天下③则天下死！由此看来，

---

① 凿坏而遁，洗耳不听——坏同坯。颜阖是战国时的高士，鲁国的国王派使者去请他做相国，他凿穿房后的墙壁逃去；坏，后墙；遁，逃避。许右是上古的高士，尧准备让位给他，他逃去不受，又听说要请他去做九州长，他认为听了污浊的话，就跑到颍水边去洗涤耳朵。

② 方面兼圻——方面，担当一方的重任，指担任巡抚、总督的官职；清朝总督兼管二省或三省，叫“兼圻”。两词连用，泛指任巡抚、总督。

③ 宰天下——做宰相。因宰相总理全国政务，是皇帝的最高助手。清朝不设宰相，这里指军机大臣、内阁大臣等中枢重臣。

请教还是有才的做官害大，还是无才的做官害大呢？倘若他也像我，摇个串铃子混混，正经病，人家不要他治；些小病痛，也死不了人。即使他一年医死一个，历一万年，还抵不上他一任曹州府害的人数呢！”未知申东造又有何说，且听下回分解。

# 第　七　回

## 借箸代筹[①]一县策　纳楹闲访百城书

话说老残与申东造议论玉贤正为有才，亟于做官，所以伤天害理，至于如此，彼此叹息一会。东造道："正是。我昨日说有要事与先生密商，就是为此。先生想，此公残忍至于此极，兄弟不幸，偏又在他属下。依他做，实在不忍；不依他做，又实无良法。先生阅历最多，所谓'险阻艰难，备尝之矣；民之情伪，尽知之矣'。必有良策，其何以教我？"老残道："知难则易者至矣。阁下既不耻下问，弟先须请教宗旨何如。若求在上官面上讨好，做得烈烈轰轰，有声有色，则只有依玉公办法，所谓逼民为盗也；若要顾念'父母官'三字，求为民除害，亦有化盗为民之法。若官阶稍大，辖境稍宽，略为易办；若止一县之事，缺分又苦，未免稍显棘手，然亦非不能也。"

---

① 借箸（zhù）代筹——箸，即筷子。出自《史记·留侯世家》。郦食（yì）其（jī）劝刘邦立六国之后并同他们一起攻楚，刘邦当时接受了。刘邦吃饭的时候，张良来了，刘就征求张的意见，张良就回答说，"请借前箸以筹之"，意思是借你面前的筷子来指画当时的形势。表示代人策划。

东造道："自然以为民除害为主。果能使地方安静，虽无不次之迁，要亦不至于冻馁。'子孙饭'吃它做什么呢！但是缺分太苦，前任养小队五十名，盗案仍是迭出；加以亏空官款，因此罣误去官①。弟思如赔累而地方安静，尚可设法弥补；若俱不可得，算是为何事呢！"老残道："五十名小队，所费诚然太多。以此缺论，能筹款若干，便不致赔累呢？"东造道："不过千金，尚不吃重。"

老残道："此事却有个办法。阁下一年筹一千二百金，却不用管我如何办法，我可以代画一策，包你境内没有一个盗案；倘有盗案，且可以包你顷刻便获。阁下以为何如？"东造道："能得先生去为我帮忙，我就百拜的感激了。"老残道："我无庸去，只是教阁下个至良极美的法则。"东造道："阁下不去，这法则谁能行呢？"老残道："正为荐一个行此法则的人。惟此人千万不可怠慢。若怠慢此人，彼必立刻便去，去后祸必更烈。

"此人姓刘，号仁甫，即是此地平阴县人，家在平阴县西南桃花山里面。其人少时，十四五岁在嵩山少林寺学拳棒。学了些时，觉得徒有虚名，无甚出奇制胜处，于是奔走江湖，将近十年。在四川峨眉山上遇见了一个和尚，武功绝伦。他就拜他为师，学了一套'太祖神拳'，一套'少祖神拳'。因请教这和尚，拳法从哪里得来的，和尚说系少林寺。他就大为惊讶，说：'徒

① 罣（guà）误去官——罣误，同挂误，官员因被别人牵连而受到处分或损害。去官，解除官职。

弟在少林寺四五年，见没有一个出色拳法，师父从哪一个学的呢？’那和尚道：‘这是少林寺的拳法，却不从少林寺学来。现在少林寺里的拳法，久已失传了。你所学者太祖拳，就是达摩传下来的；那少祖拳，就是神光①传下来的。当初传下这个拳法来的时候，专为和尚们练习了这拳，身体可以结壮，精神可以悠久。若当朝山访道的时候，单身走路，或遇虎豹，或遇强人，和尚家又不作带兵器，所以这拳法专为保护身命的。筋骨强壮，肌肉坚固，便可以忍耐冻饿。你想，行脚僧在荒山野壑里，访求高人古德，于‘宿食’两字，一定难以周全的，此太祖、少祖传下拳法来的美意了。哪知后来少林寺拳法出了名，外边来学的日多，学出去的人，也有做强盗的，也有奸淫人家妇女的，屡有所闻。因此，在现在这老和尚以前四五代上的个老和尚，就将这正经拳法收起不传，只用些‘外面光’‘不管事’的拳法敷衍门面而已。我这拳法系从汉中府里一个古德学来的，若能认真修炼，将来可以到得甘凤池②的位分。’

“刘仁甫在四川住了三年，尽得其传。当时正是粤匪扰乱的时候，他从四川出来，就在湘军、淮军营盘里混过些时。因是两军，湘军必须湖南人，淮军必须安徽人，方有照应。若别省人，不过敷衍故事，得个把小保举而已，大权万不会有的。此公已保

① 神光——即慧可，俗姓姬，虎牢（今河南荥阳县西北）人，达摩弟子，被尊为禅宗二祖，所以书中称他“少祖”。

② 甘凤池——清朝康熙、雍正时江苏江宁人，擅长拳法；对他的武术，历来有很多传说，如他能飞檐走壁等。

举到个都司，军务渐平。他也无心恋栈，遂回家乡，种了几亩田，聊以度日，闲暇无事，在这齐、豫两省随便游行。这两省练武功的人，无不知他的名气。他却不肯传授徒弟，若是深知这人一定安分的，他就教他几手拳棒，也十分慎重的。所以这两省有武艺的，全敌他不过，都惧怕他。若将此人延为上宾，将这每月一百两交付此人，听其如何应用。大约他只要招十名小队，供奔走之役，每人月饷六两，其余四十两，供应往来豪杰酒水之资，也就够了。

“大概这河南、山东、直隶三省，及江苏、安徽的两个北半省，共为一局。此局内的强盗计分大小两种：大盗系有头领，有号令，有法律的，大概其中有本领的甚多；小盗则随时随地无赖之徒，及失业的顽民，胡乱抢劫，既无人帮助，又无枪火兵器，抢过之后，不是酗酒，便是赌博，最容易犯案的。譬如玉大尊所办的人，大约十分中九分半是良民，半分是这些小盗。若论那些大盗，无论头目人物，就是他们的羽翼，也不作兴有一个被玉太尊捉着的呢。但是大盗却容易相与，如京中保镖的呢，无论十万二十万银子，只须一两个人，便可保得一路无事。试问如此巨款，就聚了一二百强盗抢去，也很够享用的，难道这一两个镖司务就敌得过他们吗？只因为大盗相传有这个规矩，不作兴害镖局的。所以凡保镖的车上，有他的字号，出门要叫个口号。这口号喊出，那大盗就觌①面碰着，彼此打个招呼，也决不动手的。镖

---

① 觌（dí）——见；相见。

局几家字号，大盗都知道的；大盗有几处窝巢，镖局也是知道的。倘若他的羽翼，到了有镖局的所在，进门打过暗号，他们就知道是那一路的朋友，当时必须留着喝酒吃饭，临行还要送他三二百个钱的盘川；若是大头目，就须尽力应酬。这就叫做江湖上的规矩。

“我方才说这个刘仁甫，江湖都是大有名的。京城里镖局上请过他几次，他都不肯去，情愿埋名隐姓，做个农夫。若是此人来时，待以上宾之礼，仿佛贵县开了一个保护本县的镖局。他无事时，在街上茶馆饭店里坐坐，这过往的人，凡是江湖上朋友，他到眼便知，随便会几个茶饭东道，不消十天半个月，各处大盗头目就全晓得了，立刻便要传出号令：某人立足之地，不许打搅的。每月所余的那四十金就是给他做这个用处的。至于小盗，他本无门径，随意乱做，就近处，自有人来暗中报信，失主尚未来县报案，他的手下人倒已先将盗犯获住了。若是稍远的地方做了案子，沿路也有他们的朋友，替他暗中捕下去，无论走到何处，俱捉得到的。所以要十名小队子，其实，只要四五个应手的人已经足用了。那多余的五六个人，为的是本县轿子前头摆摆威风，或者接差送差，跑信等事用的。”

东造道：“如阁下所说，自然是极妙的法则。但是此人既不肯应镖局之聘，若是兄弟衙署里请他，恐怕也不肯来，如之何呢?”老残道：“只是你去请他，自然他不肯来的，所以我须详详细细写封信去，并拿救一县无辜良民的话打动他，自然他就肯来了。况他与我交情甚厚，我若劝他，一定肯的。因为我二十几岁的时候，看天下将来一定有大乱，所以极力留心将才，谈兵的朋友颇多。此人当年在河南时，我们是莫逆之交，相约倘若国家有用我辈的日子，凡我同人，俱要出来相助为理的。其时讲舆地①，讲阵图，讲制造，讲武功的，各样朋友都有。此公便是讲武功的巨擘②。后来大家都明白了：治天下的，又是一种人才，若是我辈所讲所学，全是无用的。故尔各人都弄个谋生之道，混饭吃去，把这雄心便抛入东洋大海去了。虽如此说，然当时的交情义气，断不会败坏的。所以我写封信去，一定肯来的。"

东造听了，连连作揖道谢，说："我自从挂牌委署斯缺，未尝一夜安眠。今日得闻这番议论，如梦初醒，如病初愈，真是万千之幸！但是这封信是派个何等样人送去方妥呢?"老残道："必须有个亲信朋友吃这一趟辛苦才好。若随便叫个差人送去，便有轻慢他的意思，他一定不肯出来，那就连我都要遭怪了。"东造连连说："是的，是的。我这里有个族弟，明天就到的，可以让他去一趟。先生信几时写呢？就费心写起来最好。"老残道："明日一天不出门。我此刻正写一长函致庄宫保，托姚云翁转呈，为细述玉太尊政绩的，大约也要明天写完；并此信一总写起，我后天就要动身了。"东造问："后天往哪里去?"老残答说："先往东昌府访柳小惠家的收藏，想看看他的宋、元板书，随后即回济南省城过年。再后的行踪，连我自己也不知道了。今日夜已深了，

---

① 舆（yú）地——这里指军事地理。

② 巨擘（bò）——大拇指，比喻在某一方面的影响力居于首位的人物。

可以睡罢。”立起身来。东造叫家人：“打个手照，送铁老爷回去。”

揭起门帘来，只见天地一色，那雪已下的混混沌沌价白，觉得照的眼睛发胀似的。那下的阶雪已有了七八寸深，走不过去了。只有这上房到大门口的一条路，常有人来往，所以不住的扫。那到厢房里的一条路已看不出路影，同别处一样的高了。东造叫人赶忙铲出一条路来，让老残回房。推开门来，灯已灭了。上房送下一个烛台，两支红烛，取火点起，再想写信，那笔砚竟违抗万分，不遵调度，只好睡了。

到了次日，雪虽已止，寒气却更甚于前。起来喊店家称了五斤木炭，生了一个大火盆，又叫买了几张桑皮纸，把那破窗户糊了。顷刻之间，房屋里暖气阳回，非昨日的气象了。遂把砚池烘化，将昨日未曾写完的信，详细写完封好，又将致刘仁甫的信亦写毕，一总送到上房，交东造收了。

东造一面将致姚云翁的一函，加个马封①，送往驿站；一面将刘仁甫的一函，送入枕头箱内。厨房也开了饭来。二人一同吃过，又复清谈片时，只见家人来报：“二老爷同师爷们都到了，住在西边店里呢。洗完脸，就过来的。”

停了一会，只见门外来了一个不到四十岁模样的人，尚未留须，穿了件旧宁绸二蓝的大毛皮袍子，玄色长袖皮马褂，蹬了一双绒靴，已经被雪泥漫了帮子了，慌忙走进堂屋，先替乃兄作了

① 马封——古时交由驿站邮寄文书的封套。

个揖。东造就说："这就是舍弟，号子平。"回过脸来说："这是铁补残先生。"申子平走近一步，作了个揖，说声："久仰的很！"东造便问："吃过饭了没有？"子平说："才到，洗了脸就过来的，吃饭不忙呢。"东造说："吩咐厨房里做二老爷的饭。"子平道："可以不必。停一刻，还是同他们老夫子一块吃罢。"家人上来回说："厨房里已经吩咐，叫他们送一桌饭去，让二老爷同师爷们吃呢。"那时又有一个家人揭了门帘，拿了好几个大红全帖进来。老残知道是师爷们来见东家的，就趁势走了。

到了晚饭之后，申东造又将老残请到上房里，将那如何往桃花山访刘仁甫的话对着子平详细问了一遍。子平又问："从哪里去最近？"老残道："从此地去怎样走法，我却不知道。昔年是从省城顺黄河到平阴县，出平阴县向西南三十里地，就到了山脚下了。进山就不能坐车，最好带个小驴子：到那平坦的地方，就骑驴；稍微危险些，就下来走两步。进山去有两条大路。西峪里走进有十几里的光景，有座关帝庙。那庙里的道士与刘仁甫常相往来的。你到庙里打听，就知道详细了。那山里关帝庙有两处：集东一个，集西一个。这是集西的一个关帝庙。"申子平问得明白，遂各自归房安歇去了。

次日早起，老残出去雇了一辆骡车，将行李装好，候申东造上衙门去禀辞，他就将前晚送来的那 件狐裘，加了一封信，交给店家，说："等申大老爷回店的时候，送上去。此刻不必送去，恐有舛①错。”店里掌柜的慌忙开了柜房里的木头箱子，装了进去，然后送老残动身上车，径往东昌府去了。

无非是风餐露宿，两三日工夫已到了东昌城内，找了一家干净车店住下。当晚安置停妥，次日早饭后便往街上寻觅书店。寻了许久，始觅着一家小小书店，三间门面，半边卖纸张笔墨，半边卖书。遂走到卖书这边柜台外坐下，问问此地行销是些什么书籍。

那掌柜的道：“我们这东昌府，文风最著名的。所管十县地方，俗名叫做‘十美图’，无一县不是家家富足，户户弦歌。所有这十县用的书，皆是向小号来贩。小号店在这里，后边还有栈房，还有作坊。许多书都是本店里自雕板，不用到外路去贩买的。你老贵姓？来此有何贵干？”老残道：“我姓铁，来此访个朋友的。你这里可有旧书吗？”掌柜的道：“有，有，有。你老要什么罢？我们这儿多着呢！”一面回过头来指着书架子上白纸条儿数道：“你老瞧！这里《崇辨堂墨选》、《目耕斋初二三集》。再古的还有那《八铭塾钞》呢。这都是讲正经学问的。要是讲杂学的，还有《古唐诗合解》、《唐诗三百首》。再要高古点，还有《古文释义》。还有一部宝贝书呢，叫做《性理精义》，这书看得懂的，可就了不得了！”

老残笑道：“这些书我都不要。”那掌柜的道：“还有，还有。那边是《阳宅三要》、《鬼撮脚》、《渊海子平》，诸子百家，我们

---

① 舛（chuǎn）——差错。

小号都是全的。济南省城，那是大地方，不用说，若要说黄河以北，就要算我们小号是第一家大书店了。别的城池里都没有专门的书店，大半在杂货铺里带卖书。所有方圆二三百里，学堂里用的《三》、《百》、《千》、《千》，都是在小号里贩得去的，一年要销上万本呢。”老残道：“贵处行销这‘三百千千’，我到没有见过。是部什么书？怎样销得这么多呢？”掌柜的道：“嗳！别哄我罢！我看你老很文雅，不能连这个也不知道。这不是一部书，‘三’是《三字经》，‘百’是《百家姓》，‘千’是《千字文》；那一个‘千’字呢，是《千家诗》。这《千家诗》还算一半是冷货，一年不过销百把部；其余《三》、《百》、《千》，就销的广了。”

老残说：“难道《四书》、《五经》都没有人买吗？”他说：“怎么没有人买呢，《四书》小号就有。《诗》、《书》、《易》三经也有。若是要《礼记》、《左传》呢，我们也可以写信到省城里捎去。你老来访朋友，是哪一家呢？”

老残道：“是个柳小惠家。当年他老太爷做过我们的漕台①，听说他家收藏的书极多。他刻了一部书，名叫《纳书楹》，都是宋、元板书。我想开一开眼界，不知道有法可以看得见吗？“掌柜的道：“柳家是俺们这儿第一个大人家，怎么不知道呢！只是这柳小惠柳大人早已去世，他们少爷叫柳凤仪，是个两榜②，那

① 漕台——清代漕运总督的别称。专管运河水道上钱粮的取齐、上缴、监押、运输的政令，地位与总督持平，职掌专一。

② 两榜——科举制度中由举人而中进士的简称。

一部的主事①。听说他家书多得很，都是用大板箱装着，只怕有好几百箱子呢，堆在个大楼上，永远没有人去问他。有近房柳三爷，是个秀才，常到我们这里来坐坐。我问过他：‘你们家里那些书是些什么宝贝？可叫我们听听罢咧。’他说：‘我也没有看见过是什么样子。’我说：‘难道就那么收着不怕蛀虫吗？’”

掌柜的说到此处，只见外面走进一个人来，拉了拉老残，说：“赶紧回去罢，曹州府里来的差人，急等着你老说话呢，快点走罢。”老残听了，说道：“你告诉他等着罢，我略停一刻就回去了。”那人道：“我在街上找了好半天了。俺掌柜的着急的了不得，你老就早点回店罢。”老残道：“不要紧的。你既找着了我，你就没有错儿了，你去罢。”

店小二去后，书店掌柜的看了看他去的远了，慌忙低声向老残说道：“你老店里行李值多少钱？此地有靠得住的朋友吗？”老残道：“我店里行李也不值多钱，我此地亦无靠得住的朋友。你问这话是什么意思呢？”掌柜的道：“曹州府现是个玉大人。这人很惹不起的：无论你有理没理，只要他心里觉得不错，就上了站笼了。现在既是曹州府里来的差人，恐怕不知是谁扳上你老了，我看是凶多吉少，不如趁此逃去罢。行李既不值多钱，就舍去了的好，还是性命要紧！”老残道：“不怕的。他能拿我当强盗吗？这事我很放心。”说道，点点头，出了店门。

---

① 那一部的主事——清朝中央政府，以行政性质分设吏、户、礼、兵、刑、工六部，长官叫尚书，次官叫侍郎，部下又分若干司。主事是司里的官，正六品衔。

街上迎面来了一辆小车，半边装行李，半边坐人。老残眼快，看见喊道："那车上不是金二哥吗?"即忙走上前去。那车上人也就跳下车来，定了定神，说道："嗳呀！这不是铁二哥吗?你怎样到此地，来做什么的?"老残告诉了原委，就说："你应该打尖了，就到我住的店里去坐坐谈谈罢。你从哪里来？往哪里去?"那人道："这是什么时候，我已打过尖了，今天还要赶路程呢。我是从直隶回南，因家下有点事情，急于回家，不能耽搁了。"老残道："既是这样说，也不留你。只是请你略坐一坐，我要寄封信给刘大哥，托你带去罢。"说过，就向书店柜台对面，那卖纸张笔墨的柜台上，买了一枝笔，几张纸，一个信封，借了店里的砚台，草草的写了一封，交给金二。大家作了个揖，说："恕不远送了。山里朋友见着都替我问好。"那金二接了信，便上了车。老残也就回店去了。不知那曹州府来的差人究竟是否捉拿老残，且听下回分解。

# 第　八　回

## 桃花山月下遇虎　柏树峪雪中访贤

话说老残听见店小二来告，说曹州府有差人来寻，心中甚为诧异：“难道玉贤竟拿我当强盗待吗？”及至步回店里，见有一个差人，赶上前来请了一个安，手中提了一个包袱，提着放在旁边椅子上，向怀内取出一封信来，双手呈上，口中说道：“申大老爷请铁老爷安！”老残接过信来一看，原来是申东造回寓，店家将狐裘送上，东造甚为难过，继思狐裘所以不肯受，必因与行色不符，因在估衣铺内选了一身羊皮袍子马褂，专差送来，并写明如再不收，便是绝人太甚了。

老残看罢，笑了一笑，就向那差人说：“你是府里的差吗？”差人回说：“是曹州府城武县里的壮班。”老残遂明白，方才店小二是漏掉下三字了。当时写了一封谢信，赏了来差二两银子盘费，打发去后，又住了两天。方知这柳家书，确系关锁在大箱子内，不但外人见不着，就是他族中人，亦不能得见。闷闷不乐，提起笔来，在墙上题一绝道：

沧苇遵王士礼居，艺芸精舍四家书。

一齐归入东昌府，深锁嫏嬛①饱蠹②鱼！

---

① 嫏嬛（láng huán）——神话传说中天帝藏书处。

② 蠹（dù）——一种咬器物的虫子。

题罢，唏嘘了几声，也就睡了。暂且放下。

却说那日东造到府署禀辞，与玉公见面，无非勉励些“治乱世用重刑”的话头。他姑且敷衍几句，也就罢了。玉公端茶送出。东造回到店里，掌柜的恭恭敬敬将袍子一件、老残信一封，双手奉上。东造接来看过，心中悒悒不乐。适申子平在旁边，问道：“大哥何事不乐？”东造便将看老残身上着的仍是棉衣，故赠以狐裘，并彼此辩论的话述了一遍，道：“你看，他临走到底将这袍子留下，未免太矫情了！”子平道：“这事大哥也有点失于检点，我看他不肯，有两层意思：一则嫌这裘价值略重，未便遽受；二则他受了，也实无用处，断无穿狐皮袍子，配上棉马褂的道理。大哥既想略尽情谊，宜叫人去觅一套羊皮袍子、马褂，或布面子，或茧绸面子均可，差人送去，他一定肯收。我看此人并非矫饰作伪的人。不知大哥以为何如？”东造说：“很是，很是。你就叫人照样办去。”

子平一面办妥，差了个人送去，一面看着乃兄动身赴任。他就向县里要了车，轻车简从的向平阴进发。到了平阴，换了两部小车，推着行李，在县里要了一匹马骑着，不过一早晨，已经到了桃花山脚下。再要进去，恐怕马也不便，幸喜山口有个村庄，只有打地铺的小店，没法，暂且歇下。向村户人家雇了一条小驴，将马也打发回去了。打过尖，吃过饭，向山里进发。才出村庄，见面前一条沙河，有一里多宽，却都是沙，唯有中间一线河身，土人架了一个板桥，不过丈数长的光景。桥下河里虽结满了冰，还有水声，从那冰下潺潺的流，听着像似环佩摇曳的意思，知道是水流带着小冰，与那大冰相撞击的声音了。过了沙河，即是东峪。原来这山从南面迤逦[1]北来，中间龙脉起伏，一时虽看不到，只是这左右两条大峪，就是两批长岭，冈峦重沓，到此相交。除中峰不计外，左边一条大溪河，叫东峪；右边一条大溪河，叫西峪。两峪里的水，在前面相会，并成一溪，左环右转，湾了三湾，才出溪口。出口后，就是刚才所过的那条沙河了。

子平进了山口，抬头看时，只见不远前面就是一片高山，像架屏风似的，迎面竖起，土石相间，树木丛杂。却当大雪之后，石是青的，雪是白的，树上枝条是黄的，又有许多松柏是绿的，一丛一丛，如画上点的苔[2]一样。骑着驴，玩着山景，实在快乐得极，思想做两句诗，描摹这个景象。正在凝神，只听"壳铎"一声，觉得腿裆里一软，身子一摇，竟滚下山涧去了。幸喜这路，本在涧旁走的，虽滚下去，尚不甚深。况且涧里两边的雪本来甚厚，只为面上结了一层薄冰，做了个雪的包皮。子平一路滚着，那薄冰一路破着，好像从有弹鐄的褥子上滚下来似的。滚了几步，就有一块大石将他拦住，所以一点没有碰伤。连忙扶着石头，立起身来，哪知把雪倒戳了两个一尺多深的窟窿。看那驴子在上面，两只前蹄已经立起，两只后蹄还陷在路旁雪里，不得动弹。连忙喊跟随的人，前后一看，并那推行李的车子，影响俱无。

你道是什么缘故呢？原来这山路，行走的人本来不多，故那

---

① 迤逦——曲折连绵。

② 画上点的苔——"点苔"是中国画的术语。

路上积的雪，比旁边稍为浅些，究竟还有五六寸深，驴子走来，一步步的不甚吃力。子平又贪看山上雪景，未曾照顾后面的车子，可知那小车轮子，是要压倒地上往前推的，所以积雪的阻力显得很大，一人推着，一人挽着，尚走得不快，本来去驴子已落后有半里多路了。申子平陷在雪中，不能举步，只好忍着性子，等小车子到。约有半顿饭工夫，车子到了，大家歇下来想法子。下头人固上不去，上头的人也下不来。想了半天，说："只好把捆行李的绳子解下两根，接续起来，将一头放了下去。"申子平自己系在腰里，那一头，上边四五个人齐力收绳，方才把他吊了上来。跟随人替他把身上雪扑了又扑，然后把驴子牵来，重复骑上，慢慢的行。

这路虽非羊肠小道，然忽而上高，忽而下低，石头路径，冰雪一冻，异常的滑，自饭后一点钟起身，走到四点钟，还没有十里地。心里想道："听村庄上人说，到山集不过十五里地，然走了三个钟头，才走了一半。"冬天日头本容易落，况又是个山里，两边都有岭子遮着，愈黑得快。一面走着，一面的算，不知不觉，那天已黑下来了。勒住了驴缰，同推车子商议道："看看天已黑下来了，大约还有六七里地呢，路又难走，车子又走不快，怎么好呢?"车夫道："那也没有法子，好在今儿是个十三日，月亮出得早，不管怎么，总要赶到集上去。大约这荒僻山径，不会有强盗，虽走晚些，倒也不怕他。"子平道："强盗虽没有，倘或有了，我也无多行李，很不怕他，拿就拿去，也不要紧；实在可怕的是豺狼虎豹。天晚了，倘若出来个把，我们就坏了。"车夫说："这山里虎到不多，有神虎管着，从不伤人，只是狼多些。听见他来，我们都拿根棍子在手里，也就不怕他了。"

说着，走到一条横涧跟前，原是本山的一支小瀑布，流归溪河的。瀑布冬天虽然干了，那沖①的一条山沟，尚有两丈多深，约有二丈多宽，当面隔住，一边是陡山，一边是深峪，更无别处好绕。子平看见如此景象，心里不禁作起慌来，立刻勒住驴头，等那车子走到，说："可了不得！我们走差了路，走到死路上了！"那车夫把车子歇下，喘了两口气，说："不能，不能！这条路影一顺来的，并无第二条路，不会差的。等我前去看看，该怎么走。"朝前走了几十步，回来说："路倒是有，只是不好走，你老下驴罢。"

子平下来，牵了驴，依着走到前面看时，原来转过大石，靠里有人架了一条石桥。只是此桥仅有两条石柱，每条不过一尺一二寸宽，两柱又不紧相粘靠，当中还罅②着几寸宽一个空当儿，石上又有一层冰，滑溜滑溜的。子平道："可吓煞我了！这桥怎么过法？一滑脚就是死，我真没有这个胆子走！"车夫大家看了说："不要紧，我有法子。好在我们穿的都是蒲草毛窝，脚下很把滑的，不怕它。"一个人道："等我先走一趟试试。"遂跳窜跳窜的走过去了。嘴里还喊着："好走，好走！"立刻又走回来说："车子却没法推，我们四个人抬一辆，作两趟抬过去罢。"申子平道："车子抬得过去，我却走不过去；那驴子又怎样呢？"车夫

① 沖——同冲。

② 罅（xià）——裂开的意思。

道："不怕的，且等我们先把你老扶过去；别的你就不用管了。"子平道："就是有人扶着，我也是不敢走。告诉你说罢，我两条腿已经软了，那里还能走路呢！"车夫说："那么也有办法：你老大总①睡下来，我们两个人抬头，两个人抬脚，把你老抬过去，何如？"子平说："不妥，不妥！"又一个车夫说："还是这样罢：解根绳子，你老拴在腰里，我们伙计，一个在前头，挽着一个绳头，一个伙计在后头，挽着一个绳头。这个样走，你老胆子一壮，腿就不软了。"子平说："只好这样。"于是先把子平照样扶掖过去，随后又把两辆车子抬了过去。倒是一个驴死不肯走，费了许多事，仍是把它眼睛蒙上，一个人牵，一个人打，才混了过去。等到忙定归了，那满地已经都是树影子，月光已经很亮的了。

大家好容易将危桥走过，歇了一歇，吃了袋烟，再望前进。走了不过三四十步，听得远远"呜呜"的两声。车夫道："虎叫！虎叫！"一头走着，一头留神听着。又走了数十步，车夫将车子歇下，说："老爷，你别骑驴了，下来罢。听那虎叫，从西边来，越叫越近了，恐怕是要到这路上来，我们避一避罢。倘到了跟前，就避不及了。"说着，子平下了驴。车夫说："咱们舍掉这个驴子喂他罢。"路旁有棵小松，他把驴子缰绳拴在小松树上，车子就放在驴子旁边，人却倒回走了数十步，把子平藏在一处石壁缝里。车夫有躲在大石脚下，用些雪把身子遮了的，有两个车

① 大总——打总，索性的意思。

夫，盘在山坡高树枝上的，都把眼睛朝西面看着。

说时迟，那时快，只见西边岭上月光之下，窜上一个物件来，到了岭上，又是“呜”的一声。只见把身子往下一探，已经到了西涧边了，又是“呜”的一声。这里的人，又是冷，又是怕，止不住格格价乱抖，还用眼睛看着那虎。那虎既到西涧，却立住了脚，眼睛映着月光，灼亮灼亮，并不朝着驴子看，却对着这几个人，又“呜”的一声，将身子一缩，对着这边扑过来了。这时候，山里本来无风，却听得树梢上呼呼地响，树上残叶簌簌地落，人面上冷气棱棱地割。这几个人早已吓得魂飞魄散了。

大家等了许久，却不见虎的动静。还是那树上的车夫胆大，下来喊众人道：“出来罢！虎去远了。”车夫等人次第出来，方才从石壁缝里把子平拉出，已经吓得呆了。过了半天，方能开口说话，问道：“我们是死的是活的哪？”车夫道：“虎过去了。”子平道：“虎怎样过去的？一个人没有伤么？”那在树上的车夫道：“我看它从涧西沿过来的时候，只是一蹿，仿佛像鸟儿似的，已经到了这边了。他落脚的地方，比我们这树梢还高着七八丈呢。落下来之后，又是一纵，已经到了这东岭上边，‘呜’的一声向东去了。”

申子平听了，方才放下心来，说：“我这两只脚还是稀软稀软，立不起来，怎样是好？”众人道：“你老不是立在这里呢吗？”子平低头一看，才知道自己并不是坐着，也笑了，说道：“我这身子真不听我调度了。”于是众人搀着，勉强移步，走了约数十步，方才活动，可以自主。叹了一口气道：“命虽不送在虎口里，

这夜里若再遇见刚才那样的桥，断不能过！肚里又饥，身上又冷，活冻也冻死了。”说着，走到小树旁边，看那驴子，也是伏在地下，知是被那虎叫吓的如此。跟人把驴子拉起，把子平扶上驴子，慢慢价走。转过一个石嘴，忽见前面一片灯光，约有许多房子，大家喊道：“好了，好了！前面到了集镇了！”只此一声，人人精神震动。不但人行，脚下觉得轻了许多，即驴子亦不似从前畏难苟安的行动。

哪消片刻工夫，已到灯光之下。原来并不是个集镇，只有几家人家，住在这山坡之上。因山有高下，故看出如层楼叠榭一般。到此大家商议，断不再走，硬行敲门求宿，更无他法。

当时走近一家，外面系虎皮石砌的墙，一个墙门，里面房子看来不少，大约总有十几间的光景。于是车夫上前叩门。扣了几下，里面出来一个老者，须发苍然，手中持了一枝烛台，燃了一枝白蜡烛，口中问道：“你们来做什么的？”申子平急上前，和颜悦色的把原委说了一遍，说道：“明知并非客店，无奈从人万不能行，要请老翁行个方便。”那老翁点点头，道：“你等一刻，我去问我们姑娘去。”说着，门也不关，便进里面去了。子平看了，心下十分诧异：“难道这家人家竟无家主吗？何以去问姑娘？难道是个女孩儿当家吗？”既而想道：“错了，错了。想必这家是个老太太做主。这个老者想必是她的侄儿。姑娘者，姑母之谓也。理路甚是，一定不会错了。”

霎时，只见那老者随了一个中年汉子出来，手中仍拿烛台，说声“请客人里面坐”。原来这家，进了墙门，就是一平五间房子，门在中间，门前台阶约十余级。中年汉子手持烛台，照着申子平上来。子平吩咐车夫等："在院子里略站一站，等我进去看了情形，再招呼你们。"

子平上得台阶，那老者立于堂中，说道："北边有个坦坡，叫他们把车子推了，驴子牵了，由坦坡进这房子来罢。"原来这是个朝西的大门。众人进得房来，是三间敞屋，两头各有一间，隔断了的。这厂屋北头是个炕，南头空着，将车子同驴安置南头，一众五人，安置在炕上。然后老者问了子平名姓，道："请客人里边坐。"于是过了穿堂，就是台阶。上去有块平地，都是栽的花木，映着月色，异常幽秀。且有一阵阵幽香，清沁肺腑。向北乃是三间朝南的精舍①，一转俱是回廊，用带皮杉木做的阑柱。进得房来，上面挂了四盏纸灯，斑竹扎的，甚为灵巧。两间敞着，一间隔断，做个房间的样子。桌椅几案，布置极为妥协。房间挂了一幅褐色布门帘。

老者到房门口，喊了一声："姑娘，那姓申的客人进来了。"却看门帘掀起，里面出来一个十八九岁的女子，穿了一身布服，二蓝褂子，青布裙儿，相貌端庄莹静，明媚闲雅，见客福了一福。子平慌忙长揖答礼。女子说："请坐。"即命老者："赶紧的做饭，客人饿了。"老者退去。

那女子道："先生贵姓？来此何事？"子平便将"奉家兄命特访刘仁甫"的话说了一遍。那女子道："刘先生当初就住这集东

① 精舍——读书、讲学或供佛、诵经的房间，都称"精舍"。

边的，现在已搬到柏树峪去了。”子平问：“柏树峪在什么地方？”那女子道：“在集西，有三十多里的光景 。那边路比这边更僻，愈加不好走了。家父前日退值回来，告诉我们说，今天有位远客来此，路上受了点虚惊。吩咐我们迟点睡，预备些酒饭，以便款待。并说：‘简慢了尊客，千万不要见怪。’”子平听了，惊讶之至：“荒山里面，又无衙署，有什么值日、退值？何以前天就会知道呢？这女子何以如此大方？岂古人所谓有林下风范①的，就是这样吗？到要问个明白。”不知申子平能否察透这女子形迹，且听下回分解。

① 林下风范——态度闲雅大方，服饰朴素整洁，古人用来形容不慕富贵的贤女、才女。林下，山林之间，退归隐居的地方；风范，风格、风度。

# 第　九　回

## 一客吟诗负手面壁　三人品茗促膝谈心

话说申子平正在凝思：此女子举止大方，不类乡人，况其父在何处退值？正欲诘问①，只见外面帘子动处，中年汉子已端进一盘饭来。那女子道："就搁在这西屋炕桌上罢。"这西屋靠南窗原是一个砖砌的暖炕，靠窗设了一个长炕几，两头两个短炕几，当中一个正方炕桌，桌子三面好坐人的。西面墙上是个大圆月洞窗子，正中镶了一块玻璃，窗前设了一张书案。中堂虽未隔断，却是一个大落地罩。那汉子已将饭食列在炕桌之上，却只是一盘馒头，一壶酒，一罐小米稀饭，倒有四肴小菜，无非山蔬野菜之类，并无荤腥。女子道："先生请用饭，我少停就来。"说着，便向东房里去了。

子平本来颇觉饥寒，于是上炕先饮了两杯酒，随后吃了几个馒头。虽是蔬菜，却清香满口，比荤菜更为适用。吃过馒头，喝了稀饭，那汉子舀了一盆水来，洗过脸，立起身来，在房内徘徊徘徊，舒展肢体。抬头看见北墙上挂着四幅大屏，草书写得龙飞凤舞，出色惊人，下面却是双款：上写着"西峰柱史正非"，下

① 诘（jié）问——盘问。

写着“黄龙子呈稿”。草字虽不能全识，也可十得八九。仔细看去，原来是六首七绝诗，非佛非仙，咀嚼起来，倒也有些意味。既不是寂灭虚无，又不是铅汞龙虎。看那月洞窗下，书案上有现成的纸笔，遂把几首诗抄下来，预备带回衙门去，当新闻纸看。

你道是怎样个诗？请看，诗曰：

曾拜瑶池九品莲，希夷授我《指元篇》。
光阴荏苒真容易，回首沧桑五百年。

紫阳属和《翠虚吟》，传响空山霹雳琴。
刹那未除人我相，天花粘满护身云。

情天欲海足风波，渺渺无边是爱河。
引作园中功德水，一齐都种曼陀罗。

石破天惊一鹤飞，黑漫漫夜五更鸡。
自从三宿空桑后，不见人间有是非。

野马尘埃昼夜驰，五虫百卉互相吹。
偷来鹫岭涅槃乐，换取壶公杜德机。

菩提叶老《法华》新，南北同传一点灯。
五百天童齐得乳，香花供奉小夫人。

子平将诗抄完，回头看那月洞窗外，月色又清又白，映着那层层叠叠的山，一步高一步的上去，真是仙境，迥非凡俗。此时觉得并无一点倦容，何妨出去上山闲步一回，岂不更妙。才要动脚，又想道："这山不就是我们刚才来的那山吗？这月不就是刚才踏的那月吗？为何来的时候，便那样的阴森惨淡，令人怵魄动心？此刻山月依然，何以令人心旷神怡呢？"就想到王右军①说的："情随境迁，感慨系之矣。"真正不错。低徊了一刻，也想做两首诗，只听身后边娇滴滴的声音说道："饭用过了罢？怠慢得很。"慌忙转过头来，见那女子又换了一件淡绿印花布棉袄，青布大脚裤子，愈显得眉似春山，眼如秋水；两腮酡②厚，如帛裹朱，从白里隐隐透出红来，不似时下南北的打扮，用那胭脂涂得同猴子屁股一般；口颊之间若带喜笑，眉眼之际又颇似振矜，真令人又爱又敬。女子说道："何不请炕上坐，暖和些。"于是彼此坐下。

那老苍头进来，问姑娘道："申老爷行李放在什么地方呢？"姑娘说："太爷前日去时，吩咐就在这里间太爷榻上睡，行李不用解了。跟随的人都吃过饭了吗？你叫他们早点歇罢。驴子喂了没有？"苍头一一答应，说："都齐备妥贴了。"姑娘又说："你煮茶来罢。"苍头连声应是。

子平道："尘俗身体，断不敢在此地下榻。来时见前面有个大炕，就同他们一道睡罢。"女子说："无庸过谦，此是家父吩咐

---

① 王右军——即王羲之，晋代著名的书法家，官至右军将军，故后人称"王右军"。

② 酡（nóng）——通"浓"，厚。

的。不然，我一个山乡女子，也断不擅自迎客。”子平道：“蒙惠过分，感谢已极。只是还不曾请教贵姓？尊大人是做何处的官？在何处值日？”女子道：“敝姓涂氏。家父在碧霞宫上值，五日一班。合计半月在家，半月在宫。”

子平问道：“这屏上诗是何人做的？看来只怕是个仙家罢？”女子道：“是家父的朋友，常来此地闲谈，就是去年在此地写的。这个人也是个不衫不履的人，与家父最为相契。”子平道：“这人究竟是个和尚，还是个道士？何以诗上又像道家的话，又有许多佛家的典故呢？”女子道：“既非道士，又非和尚，其人也是俗装。他常说：‘儒、释、道三教，譬如三个铺面挂了三个招牌，其实都是卖的杂货，柴米油盐都是有的。不过儒家的铺子大些，佛、道的铺子小些，皆是无所不包的。’又说：‘凡道总分两层：一个叫道面子，一个叫道里子。道里子都是同的，道面子就各有分别了。如和尚剃了头，道士挽了个髻，叫人一望而知，哪是和尚、哪是道士。倘若叫那和尚留了头，也挽个髻子，披件鹤氅①；道士剃了发，着件袈裟：人又要颠倒呼唤起来了。难道眼耳鼻舌不是那个用法吗？’又说：‘道面子有分别，道里子实是一样的。’所以这黄龙先生，不拘三教，随便吟咏的。”

子平道：“得闻至论，佩服已极。只是既然三教道里子都是一样，在下愚蠢得极，倒要请教这同处在什么地方？异处在什么地方？何以又有大小之分？儒教最大，又大在什么地方？敢求指

① 鹤氅（chǎng）——原是用鸟羽编制成的外套，后来用作道袍的代称。

示。”女子道：“其同处在诱人为善，引人处于大公。人人好公，则天下太平；人人营私，则天下大乱。惟儒教公到极处。你看，孔子一生遇了多少异端！如长沮、桀溺、荷莜丈人等类，均不十分佩服孔子，而孔子反赞扬他们不置，是其公处，是其大处。所以说：‘攻乎异端，斯害也已。’若佛、道两教，就有了褊心：唯恐后世人不崇奉他的教，所以说出许多天堂地狱的话来吓唬人。这还是劝人行善，不失为公。甚则说崇奉他的教，就一切罪孽消灭；不崇奉他的教，就是魔鬼入宫，死了必下地狱等辞，这就是私了。至于外国一切教门，更要为争教兴兵接战，杀人如麻。试问，与他的初心合不合呢？所以就愈小了。若有的教说，为教战死的血光如玫瑰紫的宝石一样，更骗人到极处！只是儒教可惜失传已久，汉儒拘守章句，反遗大旨；到了唐朝，直没人提及。韩昌黎①是个通文不通道的脚色，胡说乱道！他还要做篇文章，叫做《原道》，真正原到道反面去了！他说：‘君不出令，则失其为君；民不出粟、米、丝、麻以奉其上，则诛。’如此说去，那桀、纣②很会出令的，又很会诛民的，然则桀、纣之为君是，而桀、纣之民全非了，岂不是是非颠倒吗？他却又要辟佛、老，倒又与和尚做朋友。所以后世学儒的人，觉得孔、孟的道理太费事，不如弄两句辟佛、老的口头禅，就算是圣人之徒，岂不省事。弄的朱夫子③也出不了这个范围，只好据韩昌黎的《原道》去改孔子

① 韩昌黎——即唐韩愈。

② 桀、纣——夏桀和商纣，中国历史上有名的两个暴君。

③ 朱夫子——即南宋理学家朱熹。

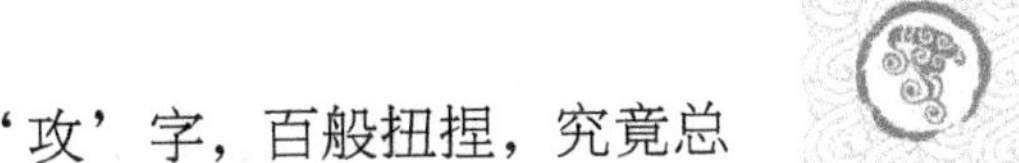



的《论语》，把那‘攻乎异端’的‘攻’字，百般扭捏，究竟总说不圆，却把孔、孟的儒教被宋儒弄的小而又小，以至于绝了！”

子平听说，肃然起敬道：“与君一夕话，胜读十年书，真是闻所未闻！只是还不懂，长沮、桀溺倒是异端，佛老倒不是异端，何故？”女子道：“皆是异端。先生要知‘异’字当不同讲，‘端’字当起头讲。‘执其两端’是说执其两头的意思。若‘异端’当邪教讲，岂不‘两端’要当桠杈教讲？‘执其两端’便是抓住了他个桠杈教呢，成何话说呀？圣人意思，殊途不妨同归，异曲不妨同工。只要他为诱人为善，引人为公起见，都无不可。所以叫做‘大德不逾闲，小德出入可也。’若只是为攻讦①起见，初起尚只攻佛攻老，后来朱、陆异同，遂操同室之戈，并是祖孔、孟的，何以朱之子孙要攻陆，陆之子孙要攻朱呢？此之谓‘失其本心’，反被孔子‘斯害也已’四个字定成铁案！”

子平闻了，连连赞叹，说：“今日幸见姑娘，如对明师。但是宋儒错会圣人意旨的地方，也是有的，然其发明正教的功德，亦不可及。即如‘理’‘欲’二字，‘主敬’‘存诚’等字，虽皆是古圣之言，一经宋儒提出，后世实受惠不少，人心由此而正，风俗由此而醇。”那女子嫣然一笑，秋波流媚，向子平睇②了一眼。子平觉得翠眉含娇，丹唇启秀，又似有一阵幽香，沁入肌骨，不禁神魂飘荡。那女子伸出一只白如玉、软如棉的手来，隔着炕桌子，握着子平的手。握住了之后，说道：“请问先生，这

① 讦（jié）——斥责别人的过失；揭发别人的阴私。
② 睇（dì）——斜着眼看。

个时候，比你少年在书房里，贵业师握住你手‘扑作教刑’① 的时候何如?”子平默无以对。

女子又道：“凭良心说，你此刻爱我的心，比爱贵业师何如?圣人说的，‘所谓诚其意者，毋自欺也。如恶恶臭，如好好色。’孔子说：‘好德如好色。’孟子说：‘食色，性也。’子夏说：‘贤贤易色。’这好色乃人之本性。宋儒要说好德不好色，非自欺而何？自欺欺人，不诚极矣！他偏要说‘存诚’，岂不可恨！圣人言情言礼，不言理欲。删《诗》以《关雎》为首，试问‘窈窕淑女，君子好逑’，‘求之不得’，至于‘辗转反侧’，难道可以说这是天理，不是人欲吗？举此可见圣人决不欺人处。《关雎》序上说道：‘发乎情，止乎礼义。’发乎情，是不期然而然的境界。即如今夕，嘉宾惠临，我不能不喜，发乎情也。先生来时，甚为困惫，又历多时，宜更惫矣，乃精神焕发，可见是很喜欢。如此，亦发乎情也。以少女中男，深夜对坐，不及乱言，止乎礼义矣。此正合圣人之道。若宋儒之种种欺人，口难罄述。然宋儒固多不是，然尚有是处；若今之学宋儒者，直乡愿②而已，孔、孟所深恶而痛绝者也!”

话言未了，苍头送上茶来，是两个旧瓷茶碗，淡绿色的茶，才放在桌上，清香已竟扑鼻。只见那女子接过茶来，漱了一回口，又漱一回，都吐向炕池之内去，笑道：“今日无端谈到道学先生，令我腐臭之气，沾污牙齿，此后只许谈风月矣。”子平连

① 扑作教刑——用责打来教人守礼。

② 乡愿——外表忠厚老实，实际看风转舵、同流合污的人。

声诺诺，却端起茶碗，呷了一口，觉得清爽异常，咽下喉去，觉得一直清到胃脘里，那舌根左右，津液汩汩价翻上来，又香又甜，连喝两口，似乎那香气又从口中反窜到鼻子上去，说不出来的好受，问道："这是什么茶叶？为何这么好吃？"女子道："茶叶也无甚出奇，不过本山上出的野茶，所以味是厚的。却亏了这水，是汲的东山顶上的泉。泉水的味，愈高愈美。又是用松花作柴，沙瓶煎的。三合其美，所以好了。尊处吃的都是外间卖的茶叶，无非种茶，其味必薄；又加以水火俱不得法，味道自然差的。"

只听窗外有人喊道："玙①姑，今日有佳客，怎不招呼我一声？"女子闻声，连忙立起，说："龙叔，怎样这时候会来？"说着，只见那人已经进来，着了一件深蓝布百衲大棉袄，科头，不束带亦不着马褂，有五十来岁光景，面如渥②丹，须髯漆黑，见了子平，拱一拱手，说："申先生，来了多时了？"子平道："倒有两三个钟头了。请问先生贵姓？"那人道："隐姓埋名，以黄龙子为号。"子平说："万幸，万幸！拜读大作，已经许久。"女子道："也上炕来坐罢。"黄龙子遂上炕，至炕桌里面坐下，说："玙姑，你说请我吃笋的呢。笋在何处？拿来我吃。"玙姑道："前些时倒想挖去的，偶然忘记，被滕六公占去了。龙叔要吃，自去找滕六公商量罢。"黄龙子仰天大笑。子平向女子道："不敢冒犯，这'玙姑'二字想必是大名罢？"女子道："小名叫仲玙，

---

① 玙（yú）——指美玉。

② 渥（wò）——厚；重。

家姊叫伯玙，故叔伯辈皆自小喊惯的。”

黄龙子向子平道：“申先生困不困？如其不困，今夜良会，可以不必早睡，明天迟迟起来最好。柏树峪地方，路极险峻，很不好走，又有这场大雪，路影看不清楚，跌下去有性命之忧。刘仁甫今天晚上检点行李，大约明日午牌时候，可以到集上关帝庙。你明天用过早饭动身，正好相遇了。”子平听说大喜，说道：“今日得遇诸仙，三生有幸。请教上仙诞降之辰，还是在唐在宋？”黄龙子又大笑道：“何以知之？”答：“尊作明说‘回首沧桑五百年’，可知断不止五六百岁了。”黄龙子道：“尽信书，则不如无书。’此鄙人之游戏笔墨耳。公直当《桃花源记》读可矣。”就举起茶杯，品那新茶。

玙姑见子平杯内茶已将尽，就持小茶壶代为斟满。子平连连欠身道：“不敢。”亦举起杯来详细品量。却听窗外远远“唔”了一声，那窗纸微觉飒飒价动，屋尘簌簌价落。想起方才路上光景，不觉毛骨森竦，勃然色变。黄龙道：“这是虎啸，不要紧的。山家看着此种物事，如你们城市中人看骡马一样，虽知它会踢人，却不怕它。因为相习已久，知它伤人也不是常有的事。山上人与虎相习，寻常人固避虎，虎也避人，故伤害人也不是常有的事，不必怕他。”

子平道：“听这声音，离此尚远，何以窗纸竟会震动，屋尘竟会下落呢？”黄龙道：“这就叫做虎威。因四面皆山，故气常聚，一声虎啸，四山皆应。在虎左右二三十里，皆是这样。虎若到了平原，就无这个威势了。所以古人说：龙若离水，虎若离山，便要受人狎①侮的。即如朝廷里做官的人，无论为了什么难，受了什么气，只是回家来对着老婆孩子发发标②，在外边决不敢发半句硬话，也是不敢离了那个官。同那虎不敢去山，龙不敢失水的道理，是一样的。”

子平连连点头，说：“不错，是的。只是我还不明白，虎在山里，为何就有这大的威势，是何道理呢?”黄龙子道：“你没有念过《千字文》么？这就是‘空谷传声，虚堂习听’的道理。虚堂就是个小空谷，空谷就是个大虚堂。你在这门外放个大爆竹，要响好半天呢。所以山城的雷，比平原的响好几倍，也是这个道理。”说完，转过头来，对女子道：“玙姑，我多日不听你弹琴了，今日难得有嘉客在此，何妨取来弹一曲？连我也沾光听一回。”玙姑道：“龙叔，这是何苦来！我那琴如何弹得，惹人家笑话！申公在省城里，弹好琴的多着呢，何必听我们这个乡里迓鼓③！倒是我去取瑟来，龙叔鼓一调瑟罢，还稀罕点儿。”黄龙子说：“也罢，也罢。就是我鼓瑟，你鼓琴罢，搬来搬去，也很费事，不如竟到你洞房④里去弹罢。好在山家女儿，比不得衙门里小姐，房屋是不准人到的。”说罢，便走下炕来，穿了鞋子，持了烛，对子平挥手说：“请里面去坐。玙姑引路。”

---

① 狎（xiá）——亲近而态度不庄重。

② 发标——发威风的意思。

③ 乡里迓（yà）鼓——即“村里迓鼓”，元曲曲牌名。“迓鼓”原义当是“衙鼓”，意思是乡里人仿效官衙排场，不伦不类，此处是自谦的说法。

④ 洞房——深邃、幽静如山洞的房间。此引不能作新婚房间讲。

玙姑果然下了炕，接烛先走，子平第二，黄龙第三。走过中堂。揭开了门帘，进到里间，是上下两个榻：上榻设了衾①枕，下榻堆积着书画。朝东一个窗户，窗下一张方桌。上榻面前有个小门。玙姑对子平道："这就是家父的卧室。"进了榻旁小门，仿佛回廊似的，却有窗轩，地下驾空铺的木板。向北一转，又向东一转，朝北朝东俱有玻璃窗。北窗看着离山很近，一片峭壁，穿空而上，朝下看，像甚深似的。正要前进，只听"砰砸"、"霍落"几声，仿佛山倒下来价响，脚下震震摇动。子平吓得魂不附体。未知后事如何，且听下回分解。

① 衾（qīn）——被子。

# 第 十 回

## 骊龙双珠光照琴瑟 犀牛一角声叶箜篌

话说子平听得天崩地塌价一声，脚下震震摇动，吓得魂不附体，怕是山倒下来。黄龙子在身后说道：“不怕的，这是山上的冻雪被泉水漱空了，滚下一大块来，夹冰夹雪，所以有这大的声音。”说着，又朝向北一转，便是一个洞门。这洞不过有两间房大，朝外半截窗台，上面安着窗户；其余三面俱斩平雪白，顶是圆的，像城门洞的样子。洞里陈设甚简，有几张树根的坐具，却是七大八小的不匀，又都是磨得绢光。几案也全是古藤天生的，不方不圆，随势制成。东壁横了一张枯槎独睡榻子，设着衾枕。榻旁放了两三个黄竹箱子，想必是盛衣服什物的了。洞内并无灯烛，北墙上嵌了两个滴圆夜明珠，有巴斗大小，光色发红，不甚光亮。地下铺着地毯，甚厚软，微觉有声。榻北立了一个曲尺形书架，放了许多书，都是草订，不曾切过书头的。双夜明珠中间挂了几件乐器，有两张瑟，两张琴，是认得的；还有些不认得的。

玙姑到得洞里，将烛台吹息，放在窗户台上。方才坐下，只听外面“唔唔”价七八声，接连又许多声，窗纸却不震动。子平说道：“这山里怎有这么多的虎？”玙姑笑道：“乡里人进城，样样不识得，被人家笑话；你城里人下乡，却也是样样不识得，恐怕也有人笑你。”子平道：“你听，外面‘唔唔’价叫的，不是虎吗?”玙姑说：“这是狼嗥，虎哪有这么多呢?虎的声音长，狼的声音短，所以虎名为‘啸’，狼名为‘嗥’。古人下字眼都是有斟酌的。”

黄龙子移了两张小长几，摘下一张琴，一张瑟来。玙姑也移了三张凳子，让子平坐了一张。彼此调了一调弦，同黄龙各坐了一张凳子。弦已调好，玙姑与黄龙商酌了两句，就弹起来了。初起不过轻挑漫剔，声响悠柔。一段以后，散泛相错，其声清脆。两段以后，吟揉渐多。那瑟之勾挑，夹缝中与琴之绰注相应，粗听若弹琴鼓瑟，各自为调，细听则如珠鸟一双，此唱彼和，问来答往。四五段以后，吟揉渐少，杂以批拂，苍苍凉凉，磊磊落落，下指甚重，声韵繁兴。六七八段，间以曼衍，愈转愈清，其调愈逸。

子平本会弹十几调琴，所以听得入彀①；因为瑟是未曾听过，格外留神。哪知瑟的妙用，也在左手，看他右手发声之后，那左手进退揉颤，其余音也就随着猗猗靡靡，真是闻所未闻。初听还在算计他的指法、调头，既而便耳中有音，目中无指。久之，耳目俱无，觉得自己的身体，飘飘荡荡，如随长风，浮沉于云霞之际。久之又久，心身俱忘，如醉如梦。于恍惚杳冥之中，铮鏦数声，琴瑟俱息，乃通见闻，人亦警觉，欠身而起，说道：“此曲

---

① 入彀（gòu）——彀，同够。入彀，指听得入神的意思。

妙到极处！小子也曾学弹过两年，见过许多高手。从前听过孙琴秋先生弹琴，有《汉宫秋》一曲，以为绝非凡响，与世俗的不同。不想今日得闻此曲，又高出孙君《汉宫秋》数倍。请教叫什么曲名？有谱没有？”玙姑道：“此曲名叫《海水天风》之曲，是从来没有谱的。不但此曲为尘世所无，即此弹法亦山中古调，非外人所知。你们所弹的皆是一人之曲，如两人同弹此曲，则彼此宫商皆合而为一。如彼宫，此亦必宫；彼商，此亦必商，断不敢为羽为徵①。即使三四人同鼓，也是这样，实是同奏，并非合奏。我们所弹的曲子，一人弹与两人弹，迥乎不同。一人弹的，名‘自成之曲’；两人弹，则为‘合成之曲’。所以此宫彼商，彼角此羽，相协而不相同。圣人所谓‘君子和而不同’，就是这个道理。‘和’之一字，后人误会久矣。”

当时玙姑立起身来，向西壁有个小门，开了门，对着大声喊了几句，不知甚话，听不清楚。看黄龙子亦立起身，将琴瑟悬在壁上。子平于是也立起，走到壁间，仔细看那夜明珠到底什么样子，以便回去夸耀于人。及走至珠下，伸手一摸，那夜明珠却甚热，有些烙手，心里诧异道：“这是什么道理呢？”看黄龙子琴瑟已俱挂好，即问道：“先生，这是什么？”笑答道：“骊龙之珠，你不认得吗？”问：“骊珠怎样会热呢？”答：“这是火龙所吐的

① 徵（zhǐ）——中国古代五音之一。相当于简谱的“5”。五音是中国五声音阶上的五个级，相当于现行简谱上的1、2、3、5、6。唐代以来叫合、四、乙、尺、工。更古的时候叫宫、商、角、徵、羽。

珠，自然热的。”子平说：“火龙珠那得如此一样大的一对呢？虽说是火龙，难道永远这么热么？”笑答道：“然则我说的话，先生有不信的意思了。既不信，我就把这热的道理开给你看。”说着，便向那夜明珠的旁边有个小铜鼻子一拔，那珠子便像一扇门似的张开来了。原来是个珠壳，里面是很深的油池，当中用棉花线卷的个灯芯，外面用千层纸做的个灯簾，上面有个小烟囱，从壁子上出去，上头有许多的黑烟，同洋灯的道理一样，却不及洋灯精致，所以不免有黑烟上去。看过也就笑了。再看那珠壳，原来是用大螺蚌壳磨出来的，所以也不及洋灯光亮。子平道：“与其如此，何不买个洋灯，岂不省事呢？”黄龙子道：“这山里哪有洋货铺呢？这油就是前山出的，与你们点的洋油是一样物件。只是我们不会制造，所以总嫌他浊，光也不足，所以把他嵌在壁子里头。”说过便将珠壳关好，依旧是两个夜明珠。

子平又问：“这地毯是什么做的呢？”答：“俗名叫做‘蓑草’。因为可以做蓑衣用，故名。将这蓑草半枯时，采来晾干，劈成细丝，和麻织成的。这就是玙姑的手工。山地多潮湿，所以先用云母铺了，再加上这蓑毯，人就不受病了。这壁上也是云母粉和着红色胶泥涂的，既御潮湿，又避寒气，却比你们所用的石灰好得多呢。”

子平又看，壁上悬着一物，像似弹棉花的弓，却安了无数的弦，知道必是乐器，就问：“叫甚名字？”黄龙子道：“名叫‘箜篌①。”用手拨拨，也不甚响，说道：“我们从小读诗，题目里就有《箜篌引》，却不知道是这个样子。请先生弹两声，以广见闻，何如？”黄龙子道：“单弹没有什么意味。我看时候何如，再请一个客来，就行了。”走至窗前，朝外一看月光，说：“此刻不过亥正，恐怕桑家姊妹还没有睡呢，去请一请看。”遂向玙姑道：“申公要听箜篌，不知桑家阿扈②能来不能？”玙姑道：“苍头送茶来，我叫她去问声看。”于是又各坐下。苍头捧了一个小红泥炉子，外一个水瓶子，一个小茶壶，几个小茶杯，安置在矮脚几上。玙姑说：“你到桑家，问扈姑、胜姑能来不能？”苍头诺声去了。

此时三人在靠窗的梅花几旁坐着。子平靠窗台甚近，玙姑取茶布与二人，大家静坐吃茶。子平看窗台上有几本书，取来一看，面子上题了四个大字，曰“此中人语”。揭开来看，也有诗，也有文，惟长短句子的歌谣最多，俱是手录，字迹娟好。看了几首，都不甚懂。偶然翻得一本，中有张花笺，写着四首四言诗，是个单张子，想要抄下，便向玙姑道：“这纸我想抄去，可以不可以？”玙姑拿过去看了看，说：“你喜欢，拿去就是了。”子平接过来，再细看，上面写道：

《银鼠谚》

东山乳虎，迎门当户；明年食獐③，悲生齐鲁。一解

---

① 箜篌（kōng hóu）——古代弦乐器，弦数因乐器大小而不同，最少的五根弦，最多的二十五根弦。

② 扈（hù）——姓名。

③ 獐（zhāng）——獐子，学名原麝，食草动物。

残骸狼籍，乳虎乏食；飞腾上天，立豕①当国。二解

乳虎斑斑，雄据西山；亚当孙子，横被摧残。三解

四邻震怒，天眷西顾；毙豕殪②虎，黎民安堵。四解

子平看了又看，说道："这诗仿佛古歌谣，其中必有事迹，请教一二。"黄龙子道："既叫做'此中人语'，必不能'为外人道'可知矣。阁下静候数年便会知悉。"玙姑道："'乳虎'就是你们玉太尊，其余你慢慢的揣摹，也是可以知道的。"子平会意，也就不往下问了。

其时远远听有笑语声。一息工夫，只听回廊上"格登格登"，有许多脚步儿响，顷刻已经到了面前。苍头先进，说："桑家姑娘来了。"黄、玙皆接上前去。子平亦起身直立。只见前面的一个约有二十岁上下，著的是紫花袄子，紫地黄花，下著燕尾青的裙子，头上倒梳云髻，挽了个坠马妆③；后面的一个约有十三四岁，著了个翠蓝袄子，红地白花的裤子，头上正中挽了髻子，插了个慈菇叶子似的一枝翠花，走一步颤巍巍的。进来彼此让了座。

玙姑介绍，先说："这是城武县申老父台的令弟，今日赶不上集店，在此借宿，适值龙叔也来，彼此谈得高兴，申公要听箜篌，所以有劳两位芳驾。搅破清睡，罪过得很！"两人齐道："岂敢，岂敢。只是《下里》之音，不堪入耳。"黄龙说："也无庸过

---

① 豕（shǐ）——猪的古称。

② 殪（yì）——杀死。

③ 坠马妆——指斜绾在一边的一种发髻。

谦了。”玙姑随又指着年长著紫衣的，对子平道：“这位是扈姑姐姐。”指着年幼著翠衣的道：“这位是胜姑妹子。都住在我们这紧邻，平常最相得的。”子平又说了两句客气的套话，却看那扈姑，丰颊长眉，眼如银杏，口辅双涡，唇红齿白，于艳丽之中，有股英俊之气；那胜姑幽秀俊俏，眉目清爽。苍头进前，取水瓶，将茶壶注满，将清水注入茶瓶，即退出去。玙姑取了两个盏子，各敬了茶。黄龙子说：“天已不早了，请起手罢。”

玙姑于是取了箜篌，递给扈姑，扈姑不肯接手，说道：“我弹箜篌，不及玙妹。我却带了一枝角来，胜妹也带得铃来了，不如竟是玙妹弹箜篌，我吹角，胜妹摇铃，岂不大妙?”黄龙道：“甚善，甚善。就是这么办。”扈姑又道：“龙叔做什么呢?”黄道：“我管听。”扈姑道：“不害臊，稀罕你听！龙吟虎啸，你就吟罢。”黄龙道：“水龙才会吟呢。我这个田里的龙，只会潜而不用。”玙姑说：“有了法子了。”即将箜篌放下，跑到靠壁几上，取过一架特磬①来，放在黄龙面前，说：“你就半啸半击磬，帮衬帮衬音节罢。”

扈姑遂从襟底取出一枝角来，光彩夺目，如元玉②一般，先缓缓的吹起。原来这角上面有个吹孔，旁边有六七个小孔，手指可以按放，亦复有宫商徵羽，不似巡街兵吹的海螺只是“呜呜”价叫。听那角声，吹得呜咽顿挫，其声悲壮。当时玙姑已将箜篌

---

① 磬（qìng）——古代的一种打击乐器，形状像曲尺，用玉或石制成。

② 元玉——即玄玉，黑色的玉。

取在膝上，将弦调好，听那角声的节奏。胜姑将小铃取出，左手揿[①]了四个，右手揿了三个，亦凝神看着扈姑。只见扈姑角声一阕将终，胜姑便将两手七铃同时取起，商商价乱摇。铃起之时，玙姑已将箜篌举起，苍苍凉凉，紧钩漫摘，连批带拂。铃声已止，箜篌丁东断续，与角声相和，如狂风吹沙，屋瓦欲震。那七个铃便不一齐都响，亦复参差错落，应机赴节。

这时黄龙子隐几仰天，撮唇齐口，发啸相和。尔时，喉声，角声，弦声，铃声，俱分辨不出。耳中但听得风声，水声，人马蹙[②]踏声，旌旗熠[③]耀声，干戈击轧声，金鼓薄伐声。约有半小时，黄龙举起磬击子来，在磬上铿铿锵锵的乱击，协律谐声，乘虚蹈隙。其时箜篌渐稀，角声渐低，惟余清磬，铮锹未已。少息，胜姑起立，两手笔直，乱铃再摇，众乐皆息。子平起立拱手道："有劳诸位，感戴之至。"众人俱道："见笑了。"子平道："请教这曲叫什么名头，何以颇有杀伐之声？"黄龙道："这曲叫《枯桑引》，又名《胡马嘶风曲》，乃军阵乐也。凡箜篌所奏，无和平之音，多半凄清悲壮；其至急者，可令人泣下。"

谈心之顷，各人已将乐器送还原位，复行坐下。扈姑对玙姑道："玙姊怎样多日未归？"玙姑道："大姐姐因外甥子不舒服，闹了两个多月了，所以不曾来得。"胜姑说："小外甥子什么病？怎么不赶紧治呢？"玙姑道："可不是么。小孩子淘气，治好了，

---

① 揿（qìn）——按。
② 蹙（cù）——紧迫的意思。
③ 熠（yì）——光耀；鲜明。

他就乱吃；所以又发，已经发了两次了。何尝不替他治呢！”又说了许多家常话，遂立起身来，告辞去了。子平也立起身来，对黄龙说：“我们也前面坐罢，此刻怕有子正的光景，玙姑娘也要睡了。”

说着，同向前面来，仍从回廊行走。只是窗上已无月光，窗外峭壁，上半截雪白烁亮，下半截已经乌黑，是十三日的月亮，已经大歪西了。走至东房，玙姑道：“二位就在此地坐罢，我送扈、胜姐姐出去。”到了堂屋，扈、胜也说：“不用送了，我们也带了个苍头来，在前面呢。”听他们又喁喁哝哝了好久，玙姑方回。黄龙说：“你也回罢，我还坐一刻呢。”玙姑也就告辞回洞，说：“申先生就在榻上睡罢，失陪了。”

玙姑去后，黄龙道：“刘仁甫却是个好人，然其病在过真，处山林有余，处城市恐不能久。大约一年的缘分，你们是有的。过此一年之后，局面又要变动了。”子平问：“一年之后是什么光景？”答：“小有变动。五年之后，风潮渐起；十年之后，局面就大不同了。”子平问：“是好是坏呢？”答：“自然是坏。然坏即是好，好即是坏；非坏不好，非好不坏。”子平道：“这话我真正不懂了。好就是好，坏就是坏。像先生这种说法，岂不是好坏不分了吗？务请指示一二。不才往常见人读佛经，什么‘色即是空，空即是色’，这种无理之口头禅，常觉得头昏脑闷。今日遇见先生，以为如拨云雾见了青天，不想又说出这套懵懂话来，岂不令人闷煞？”

黄龙子道：“我且问你：这个月亮，十五就明了，三十就暗了，上弦下弦就明暗各半了，那初三四里的月亮只有一牙，请问他怎么便会慢慢地长满了呢？十五以后怎么慢慢地又会烂吊了呢？”子平道：“这个理容易明白：因为月球本来无光，受太阳的光，所以朝太阳的半个是明的，背太阳的半个是暗的。初三四，月身斜对太阳，所以人眼看见的正是三分明，七分暗，就像一牙似的；其实，月球并无分别，只是半个明，半个暗，盈亏圆缺，都是人眼睛现出来的景相，与月球毫不相干。”

黄龙子道：“你既明白这个道理，应须知道好即是坏，坏即是好，同那月球的明暗，是一个道理。”子平道：“这个道理实不能同。月球虽无圆缺，实有明暗。因永远是半个明的，半个暗的，所以明的半边朝人，人就说月圆了；暗的半边朝人，人就说月黑了。初八、二十三，人正对他侧面，所以觉得半明半暗，就叫做上弦、下弦。因人所看的方面不同，唤做个盈亏圆缺。若在二十八九，月亮全黑的时候，人若能飞到月球上边去看，自然仍是明的。这就是明暗的道理，我们都懂得的。然究竟半个明的，半个暗的，是一定不移的道理。半个明的终久是明，半个暗的终久是暗。若说暗即是明，明即是暗，理性总不能通。”

正说得高兴，只听背后有人道：“申先生，你错了。”毕竟此人是谁，且听下回分解。

# 第 十 一 回

## 疫鼠传殃成害马 瘈犬[1]流灾化毒龙

却说申子平正与黄龙子辩论，忽听背后有人喊道：“申先生，你错了。”回头看时，却原来正是玙姑，业已换了装束，仅穿一件花布小袄，小脚裤子，露出那六寸金莲，著一双灵芝头扱鞋，愈显得聪明俊俏。那一双眼珠儿，黑白分明，都像透水似的。申子平连忙起立，说：“玙姑还没有睡吗？”玙姑道：“本待要睡，听你们二位谈得高兴，故再来听二位辩论，好长点学问。”子平道：“不才那敢辩论！只是性质愚鲁，一时不能彻悟，所以有劳黄龙先生指教。方才姑娘说我错了，请指教一二。”

玙姑道：“先生不是不明白，是没有多想一想。大凡人都是听人家怎样说，便怎样信，不能达出自己的聪明。你方才说月球半个明的，终久是明的。试思月球在天，是动的呢，是不动的呢？月球绕地是人人都晓得的。既知道它绕地，则不能不动，即不能不转，是很明显的道理了。月球既转，何以对着太阳的一面永远明呢？可见月球全身都是一样的质地，无论转到那一面，凡对太阳的总是明的了。由此可知，无论其为明为暗，其于月球本

① 瘈（zhì）犬——瘈同瘈，瘈犬即疯狗。

体，毫无增减，亦无生灭。其理本来易明，都被宋以后的三教子孙挟了一肚子欺人自欺的心去做经注，把那三教圣人的精义都注歪了。所以天降奇灾，北拳南革，要将历代圣贤一笔抹杀，此也是自然之理，不足为奇的事。不生不死，不死不生；即生即死，即死即生，哪里会错过一丝毫呢？”

申子平道：“方才月球即明即暗的道理，我方有二分明白，今又被姑娘如此一说，又把我送到‘浆糊缸’里去了。我现在也不想明白这个道理了。请二位将那五年之后风潮渐起，十年之后就大不同的情形，开示一二。”

黄龙子道：“三元甲子①之说，阁下是晓得的。同治三年甲子，是上元甲子第一年，阁下想必也是晓得的？”子平答应一声道：“是。”黄龙子又道：“此一个甲子与以前三个甲子不同，此名为‘转关甲子’。此甲子，六十年中要将以前的事全行改变：同治十三年，甲戌，为第一变；光绪十年，甲申，为第二变；甲午，为第三变；甲辰，为第四变；甲寅，为第五变：五变之后，诸事俱定。若是咸丰甲寅生人的人，活到八十岁，这六甲变态都是亲身阅历，倒也是个极有意味的事。”

子平道：“前三甲的变动，不才大概也都见过了；大约甲戌穆宗毅皇帝上升，大局为之一变；甲申为法兰西福建之役、安南

---

① 三元甲子——我国古时纪年，用十干和十二支依次轮配，每六十年轮转一次，叫甲子。术数家又以一百八十年算作一周，其中第一个六十年叫上元甲子，第二个叫中元甲子，第三个叫下元甲子，合称“三元甲子”。

之役，大局又为之一变；甲午为日本侵我东三省，俄、德出为调停，借收渔翁之利，大局又为之一变：此都已知道了。请问后三甲的变动如何？”

黄龙子道：“这就是北拳南革了。北拳之乱，起于戊子，成于甲午，至庚子，子午一冲而爆发，其兴也勃然，其灭也忽然，北方之强也。其信从者，上自宫闱①，下至将相而止，主义为‘压汉’。南革之乱，起于戊戌，成于甲辰，至庚戌，辰戌一冲而爆发，然其兴也渐进，其灭也潜消，南方之强也。其信从者，下自士大夫，上亦至将相而止，主义为‘逐满’。此二乱党，皆所以酿劫运，亦皆所以开文明也。北拳之乱，所以渐渐逼出甲辰之变法；南革之乱，所以逼出甲寅之变法。甲寅之后，文明大著，中外之猜嫌，满、汉之疑忌，尽皆销灭。魏真人《参同契》所说，‘元年乃芽滋’，指甲辰而言。辰属土，万物生于土，故甲辰以后为文明芽滋之世，如木之坼甲，如笋之解箨②。其实，满目所见者皆木甲竹箨也，而真苞已隐藏其中矣。十年之间，箨甲渐解，至甲寅而齐。寅属木，为花萼之象。甲寅以后为文明华敷③之世，虽灿烂可观，尚不足与他国齐趋并驾。直至甲子，为文明结实之世，可以自立矣。然后由欧洲新文明进而复我三皇五帝旧文明，骎④进于大同之世矣。然此事尚远，非三五十年事也。”

---

① 宫闱（wéi）——后妃的居所。
② 箨（tuò）——竹笋上一片片的皮。
③ 华敷——花开。文明华敷，即文明开花的意思。
④ 骎（qīn）——形容马跑得很快。

子平听得欢欣鼓舞，因又问道：“像这北拳南革，这些人究竟是何因缘？天为何要生这些人？先生是明道之人，正好请教。我常是不明白，上天有好生之德，天既好生，又是世界之主宰，为什么又要生这些恶人做什么呢？俗语话岂不是‘瞎捣乱’吗？黄龙子点头长叹，默无一言。稍停，问子平道：“你莫非以为上帝是尊无二上之神圣吗？”子平答道：“自然是了。”黄龙摇头道：“还有一位尊者，比上帝还要了得呢！”

子平大惊，说道：“这就奇了！不但中国自有书籍以来，未曾听得有比上帝再尊的，即环球各国亦没有人说上帝之上更有那一位尊神的。这真是闻所未闻了！”黄龙子道：“你看过佛经，知道阿修罗王与上帝争战之事吗？”子平道：“那却晓得，然我实不信。”

黄龙子道：“这话不但佛经上说，就是西洋各国宗教家，也知道有魔王之说。那是丝毫不错的。须知阿修罗①隔若干年便与上帝争战一次，末后总是阿修罗败，再过若干年，又来争战。试问，当阿修罗战败之时，上帝为什么不把他灭了呢，等他过若干年，又来害人？不知道他害人，是不智也；知道他害人，而不灭之，是不仁也。岂有个不仁不智之上帝呢？足见上帝的力量是灭不动他，可想而知了。譬如两国相战，虽有胜败之不同，彼一国即不能灭此一国，又不能使此一国降伏为属国，虽然战胜，则两国仍为平等之国，这是一定的道理。上帝与阿修罗亦然。既不能

① 阿修罗——是梵文音译，意译为不端正，是佛国六道众者之一。

灭之，又不能降伏之，惟吾之命是听，则阿修罗与上帝便为平等之国，而上帝与阿修罗又皆不能出这位尊者之范围；所以晓得这位尊者，位分实在上帝之上。”

子平忙问道：“我从未听说过！请教这位尊者是何法号呢？”黄龙子道：“法号叫做‘势力尊者’。势力之所至，虽上帝亦不能违拗他。我说个比方给你听：上天有好生之德，由冬而春，由春而夏，由夏而秋，上天好生的力量已用足了。你试想，若夏天之树木，百草，百虫，无不满足的时候，若由着他老人家性子再往下去好生，不要一年，这地球便容不得了，又到哪里去找块空地容放这些物事呢？所以就让这霜雪寒风出世，拼命的一杀，杀得干干净净的，再让上天来好生，这霜雪寒风就算是阿修罗的部下了。又可知这一生一杀都是‘势力尊者’的作用。此尚是粗浅的比方，不甚的确；要推其精义，有非一朝一夕所能算得尽的。”

玙姑听了，道：“龙叔，今朝何以发出这等奇辟的议论？不但申先生未曾听说，连我也未曾听说过。究竟还是真有个‘势力尊者’呢，还是龙叔的寓言？”黄龙子道：“你且说是有一个上帝没有？如有一个上帝，则一定有一个‘势力尊者’。要知道上帝同阿修罗都是‘势力尊者’的化身。”玙姑拍掌大笑道：“我明白了！‘势力尊者’就是儒家说的个‘无极’①，上帝同阿修罗王合起来就是个‘太极’！对不对呢？”黄龙子道：“是的，不错。”

---

① “无极”——无极和下面的太极，都是我国古典哲学的两个抽象的术语。“无极”指物质世界之先，无所不包的“道”，“太极”指整个世界的总和。

申子平亦欢喜，起立道：“被玙姑这一讲，连我也明白了！”

黄龙子道：“且慢。是却是了，然而被你们这一讲，岂不上帝同阿修罗都成了宗教家的寓言了吗？若是寓言，就不如竟说‘无极’‘太极’的妥当。要知上帝同阿修罗乃实有其人，实有其事。且等我慢慢讲与你听。不懂这个道理，万不能明白那北拳南革的根源。将来申先生庶几不至于搅到这两重恶障里去。就是玙姑，道根尚浅，也该留心点为是。

“我先讲这个‘势力尊者’，即主持太阳宫者是也。环绕太阳之行星皆凭这个太阳为主动力。由此可知，凡属这个太阳部下的势力总是一样，无有分别。又因这感动力所及之处与那本地的应动力相交，生出种种变相，莫可纪述。所以各宗教家的书总不及儒家的《易经》为最精妙。《易经》一书专讲爻①象。何以谓之爻象？你且看这‘爻’字。”乃用手指在桌上画道：“一撇一捺，这是一交；又一撇一捺，这又是一交：天上天下一切事理尽于这两交了。初交为正，再交为变，一正一变，互相乘除，就没有纪极了。这个道理甚精微，他们算学家略懂得一点。算学家说同名相乘为‘正’，异名相乘为‘负’，无论你加减乘除，怎样变法，总出不了这‘正’‘负’两个字的范围。所以‘季文子三思而后行’，孔子说‘再思可矣’，只有个再，没有个三。

“话休絮聒。我且把那北拳南革再演说一番。这拳譬如人的拳头，一拳打去，行就行，不行就罢了，没甚要紧。然一拳打得

---

① 爻（yáo）——组成八卦的长短横线。

巧时，也会送了人的性命。倘若躲过去，也就没事。将来北拳的那一拳，也几乎送了国家的性命，煞是可怕！然究竟只是一拳，容易过的。若说那革呢，革是个皮，即如马革牛革，是从头到脚无处不包着的。莫说是皮肤小病，要知道浑身溃烂起来，也会致命的，只是发作的慢，若留心医治，也不致于有害大事。唯此‘革’字上应卦象，不可小觑①了他。诸位切忌：若搅入他的党里去，将来也是跟着溃烂，送了性命的！

“小子且把‘泽火革’卦演说一番。先讲这‘泽’字。山泽通气，泽就是溪河，溪河里不是水吗？《管子》说：‘泽下尺，升上尺。’常云：‘恩泽下于民。’这‘泽’字不明明是个好字眼吗？为什么‘泽火革’便是个凶卦呢？偏又有个‘水火既济’的个吉卦放在那里，岂不令人纳闷？要知这两卦的分别就在‘阴’‘阳’二字上。坎水是阳水，所以就成个‘水火既济’，吉卦；兑水是阴水，所以成了个‘泽火革’，凶卦。坎水阳德，从悲天悯人上起的，所以成了个既济之象；兑水阴德，从愤懑嫉妒上起的，所以成了个革象。你看，《彖辞》② 上说道：‘泽火革，二女同居，其志不相得。’你想，人家有一妻一妾，互相嫉妒，这个人家会兴旺吗？初起总想独据一个丈夫，及至不行，则破败主义就出来了。因爱丈夫而争，既争之后，虽损伤丈夫也不顾了；再

① 觑（qù）——看；瞧。

② 彖辞——《易经》是我国古代的一部占卜书，内共六十四卦。这里的《彖辞》，又名《彖传》，是统论每卦含义、旨趣的文字。据说是孔子所作。

争，则破丈夫之家也不顾了；再争，则断送自己性命也不顾了：这叫做妒妇之性质。圣人只用‘二女同居，其志不相得’两句，把这南革诸公的小像直画出来，比那照像照的还要清爽。

“那些南革的首领，初起都是官商人物，并都是聪明出众的人才。因为所秉的是妇女阴水嫉妒性质，只知有己，不知有人，所以在世界上就不甚行得开了。由愤懑生嫉妒，由嫉妒生破坏。这破坏岂是一人做得的事呢？于是同类相呼，‘水流湿，火就燥’，渐渐的越聚越多，钩连上些人家的败类子弟，一发做得如火如荼。其已得举人、进士、翰林、部曹等官的呢，就谈朝廷革命；其读书不成，无着子弟，就学两句爱皮西提衣或阿衣乌爱窝，便谈家庭革命。一谈了革命，就可以不受天理国法人情的拘束，岂不大痛快呢？可知太痛快了不是好事：吃得痛快，伤食；饮得痛快，病酒。今者，不管天理，不畏国法，不近人情，放肆做去，这种痛快，不有人灾，必有鬼祸，能得长久吗？”

玙姑道：“我也常听父亲说起，现在玉帝失权，阿修罗当道。然则这北拳南革都是阿修罗部下的妖魔鬼怪了？”黄龙子道：“那是自然，圣贤仙佛，谁肯做这些事呢？”

子平问道：“上帝何以也会失权？”黄龙子道：“名为‘失权’，其实只是‘让权’，并‘让权’二字，还是假名；要论其实在，只可以叫做‘伏权’。譬如秋冬的肃杀，难道真是杀吗？只是将生气伏一伏，蓄点力量，做来年的生长。道家说道：‘天地不仁，以万物为刍狗；圣人不仁，以百姓为刍狗。’又云：‘取已陈之刍狗而卧其下，必昧。’春夏所生之物，当秋冬都是已陈之刍狗了，不得不洗刷一番：我所以说是‘势力尊者’的作用。上自三十三天，下至七十二地，人非人等，共总只有两派：一派讲公利的，就是上帝部下的圣贤仙佛；一派讲私利的，就是阿修罗部下的鬼怪妖魔。”

申子平道：“南革既是破败了天理国法人情，何以还有人信服他呢?”黄龙子道：“你当天理国法人情是到南革的时代才破败吗？久已亡失的了！《西游记》是部传道的书，满纸寓言。他说那乌鸡国王现坐着的是个假王，真王却在八角琉璃井内。现在的天理国法人情就是坐在乌鸡国金銮殿上的个假王，所以要借着南革的力量，把这假王打死，然后慢慢地从八角琉璃井内把真王请出来。等到真天理国法人情出来，天下就太平了。”

子平又问：“这真假是怎样个分别呢?”黄龙子道：“《西游记》上说着呢：叫太子问母后，便知道了。母后说道：‘三年之前温又暖，三年之后冷如冰。’这‘冷’‘暖’二字便是真假的凭据。其讲公利的人，全是一片爱人的心，所以发出来是口暖气；其讲私利的人，全是一片恨人的心，所以发出来是口冷气。

“还有一个秘诀，我尽数奉告，请牢牢记住，将来就不至入那北拳南革的大劫数了。北拳以有鬼神为作用，南革以无鬼神为作用。说有鬼神，就可以装妖作怪，鼓惑乡愚，其志不过如此而已。若说无鬼神，其作用就很多了：第一条，说无鬼就可以不敬祖宗，为他家庭革命的根原；说无神则无阴谴，无天刑，一切违背天理的事都可以做得，又可以掀动破败子弟的兴头。他却必须住在租界或外国，以骋他反背国法的手段；必须痛诋人说有鬼神的，以骋他反背天理的手段；必须说叛臣贼子是豪杰，忠臣良吏为奴性，以骋他反背人情的手段。大都皆有辩才，以文其说。就如那妒妇破坏人家，他却也有一番堂堂正正的道理说出来，可知道家也却被他破了。南革诸君的议论也有精彩绝艳的处所，可知道世道却被他搅坏了。

“总之，这种乱党，其在上海、日本的容易辨别，其在北京及通都大邑的难以辨别。但牢牢记住：事事托鬼神便是北拳党人，力辟无鬼神的便是南革党人。若遇此等人，敬而远之，以免杀身之祸，要紧，要紧！”

申子平听得五体投地佩服。再要问时，听窗外晨鸡已经“喔喔”的啼了。玙姑道：“天可不早了，真要睡了。”遂道了一声“安置”，推开角门进去。黄龙子就在对面榻上取了几本书做枕头，身子一攲①，已经齁声②雷起。申子平把将才的话又细细的默记了两遍，方始睡卧。欲知后事如何，且听下回分解。

---

① 攲（yī）——通倚。

② 齁（hōu）声——鼾声，熟睡时的鼻息声。

# 第十二回

## 寒风冻塞黄河水　暖气催成白雪辞

话说申子平一觉睡醒，红日已经满窗，慌忙起来。黄龙子不知几时已经去了。老苍头送进热水洗脸，少停又送进几盘几碗的早饭来。子平道："不用费心，替我姑娘前道谢，我还要赶路呢。"说着，玙姑已走出来，说道："昨日龙叔不说吗，倘早去也是没用，刘仁甫午牌时候方能到关帝庙呢，用过饭去不迟。"

子平依话用饭，又坐了一刻，辞了玙姑，径奔山集上。看那集上，人烟稠密。店面虽不多，两边摆地摊，售卖农家器具及乡下日用物件的，不一而足。问了乡人，才寻着了关帝庙。果然刘仁甫已到，相见叙过寒温，便将老残书信取出。

仁甫接了，说道："在下粗人，不懂衙门里规矩，才具又短，恐怕有累令兄知人之明，总是不去的为是。因为接着金二哥捎来铁哥的信，说一定叫去，又恐住的地方柏树峪难走，觅不着，所以迎候在此面辞。一切总请二先生代为力辞方好。不是躲懒，也不是拿乔①，实在恐不胜任，有误尊事，务求原谅。"子平说："不必过谦。家兄恐别人请不动先生，所以叫小弟专诚敦请的。"

---

① 拿乔——装模作样或故意表示为难，以抬高自己的身价。

刘仁甫见辞不掉，只好安排了自己私事，同申子平回到城武。申东造果然待之以上宾之礼，其余一切均照老残所嘱咐的办理。初起也还有一两起盗案，一月之后，竟到了“犬不夜吠”的境界了。这且不表。

却说老残由东昌府动身，打算回省城去。一日，走到齐河县城南门觅店，看那街上，家家客店都是满的，心里诧异道：“从来此地没有这么热闹，这是什么缘故呢？”正在踌躇，只见门外进来一人，口中喊道：“好了，好了！快打通了！大约明日一早晨就可以过去了！”老残也无暇访问，且找了店家，问道：“有屋子没有？”店家说：“都住满了，请到别家去罢。”老残说：“我已走了两家，都没有屋子，你可以对付一间罢，不管好歹。”店家道：“此地实在没法了。东隔壁店里，午后走了一帮客，你老赶紧去，或者还没有住满呢。”

老残随即到东边店里，问了店家，居然还有两间屋子空着，当即搬了行李进去。店小二跑来打了洗脸水，拿了一枝燃着了的线香放在桌上，说道：“客人抽烟。”老残问：“这儿为什么热闹？各家店都住满了。”店小二道：“刮了几天的大北风，打大前儿，河里就淌凌，凌块子有间把屋子大，摆渡船不敢走，恐怕碰上凌，船就要坏了。到了昨日，上湾子凌插住了，这湾子底下可以走船呢，却又被河边上的凌，把几只渡船都冻的死死的。昨儿晚上，东昌府李大人到了，要见抚台回话，走到此地，过不去，急的什么似的，住在县衙门里，派了河夫、地保打冻。今儿打了一

天，看看可以通了，只是夜里不要歇手，歇了手，还是冻上。你老看，客店里都满着，全是过不去河的人。我们店里今早晨还是满满的。因为有一帮客，内中有个年老的，在河沿上看了半天，说是‘冻是打不开的了，不必在这里死等，我们赶到雒口，看有法子想没有，到那里再打主意罢’。午牌时候才开车去的，你老真好造化。不然，真没有屋子住。”店小二将话说完，也就去了。

老残洗完了脸，把行李铺好，把房门锁上，也出来步到河堤上看，见那黄河从西南上下来，到此却正是个湾子，过此便向正东去了。河面不甚宽，两岸相距不到二里。若以此刻河水而论，也不过百把丈宽的光景，只是面前的冰，插的重重叠叠的，高出水面有七八寸厚。再望上游走了一二百步，只见那上流的冰，还一块一块的漫漫价来，到此地，被前头的拦住，走不动就站住了。那后来的冰赶上他，只挤得“嗤嗤”价响。后冰被这溜水逼的紧了。就窜到前冰上头去；前冰被压，就渐渐低下去了。看那河身不过百十丈宽，当中大溜约摸不过二三十丈，两边俱是平水。这平水之上早已有冰结满，冰面却是平的，被吹来的尘土盖住，却像沙滩一般。中间的一道大溜，却仍然奔腾澎湃，有声有势，将那走不过去的冰挤的两边乱窜。那两边平水上的冰，被当中乱冰挤破了，往岸上跑，那冰能挤到岸上有五六尺远。许多碎冰被挤的站起来，像个小插屏似的。看了有点把钟工夫，这一截子的冰又挤死不动了。老残复行往下游走去，过了原来的地方，再往下走，只见有两只船。船上有十来个人都拿着木杵打冰，望

前打些时，又望后打。河的对岸，也有两只船，也是这么打。看看天色渐渐昏了，打算回店。再看那堤上柳树，一棵一棵的影子，都已照在地下，一丝一丝的摇动，原来月光已经放出光亮来了。

回到店里，开了门，喊店小二来，点上了灯，吃过晚饭，又到堤上闲步。这时北风已息，谁知道冷气逼人，比那有风的时候还厉害些。幸得老残早已换上申东造所赠的羊皮袍子，故不甚冷，还支撑得住，只见那打冰船，还在那里打。每个船上点了一个小灯笼，远远看去，仿佛一面是“正堂”二字，一面是“齐河县”三字，也就由他去了。抬起头来，看那南面的山，一条雪白，映着月光分外好看。一层一层的山岭，却不大分辨得出，又有几片白云夹在里面，所以看不出是云是山。及至定神看去，方才看出哪是云、哪是山来。虽然云也是白的，山也是白的，云也有亮光，山也有亮光，只因为月在云上，云在月下，所以云的亮光是从背面透过来的。那山却不然，山上的亮光是由月光照到山上，被那山上的雪反射过来，所以光是两样子的。然只就稍近的地方如此，那山往东去，越望越远，渐渐的天也是白的，山也是白的，云也是白的，就分辨不出什么来了。

老残对着雪月交辉的景致，想起谢灵运的诗，“明月照积雪，北风劲且哀”两句。若非经历北方苦寒景象，哪里知道“北风劲且哀”的个“哀”字下的好呢？这时月光照的满地灼亮，抬起头来，天上的星，一个也看不见，只有北边，北斗七星，开阳摇光，像几个淡白点子一样，还看得清楚。那北斗正斜倚在紫微垣的西边上面，杓在上，魁在下。心里想道：“岁月如流，眼见斗杓又将东指了，人又要添一岁了。一年一年的这样瞎混下去，如何是个了局呢？”又想到《诗经》上说的“维北有斗，不可以挹酒浆①”。——“现在国家正当多事之秋，那王公大臣只是恐怕担处分，多一事不如少一事，弄的百事俱废，将来又是怎样个了局？国是如此，丈夫何以家为！”想到此地，不觉滴下泪来，也就无心观玩景致，慢慢回店去了。一面走着，觉得脸上有样物件附着似的，用手一摸，原来两边着了两条滴滑的冰。初起不懂什么缘故，既而想起，自己也就笑了。原来就是方才流的泪，天寒，立刻就冻住了，地下必定还有几多冰珠子呢。闷闷的回到店里，也就睡了。

次日早起，再到堤上看看，见那两只打冰船，在河边上，已经冻实在了。问了堤旁的人，知道昨儿打了半夜，往前打去，后面冻上；往后打去，前面冻上。所以今儿歇手不打了。大总等冰结牢壮了，从冰上过罢。因此老残也就只有这个法子了。闲着无事，到城里散步一回，只有大街上有几家铺面，其余背街上，瓦房都不甚多，是个荒凉寥落的景象。因北方大都如此，故看了也不甚诧异。回到房中，打开书箧，随手取本书看，却好拿着一本

---

① 维北有斗，不可以挹（yì）酒浆——挹，舀。见《诗·小雅·大东》。斗，盛酒的器具。诗言天上的北斗星高高在上，虚有“斗”名，却并无舀酒浆的作用。意在讽刺当官的并不办事。

《八代诗选》，记得是在省城里替一个湖南人治好了病，送了当谢仪的，省城里忙，未得细看，随手就收在书箱子里了，趁今天无事，何妨仔细看它一遍？原来是二十卷书：头两卷是四言，卷三至十一是五言，十二至十四是新体诗，十五至十七是杂言，十八是乐章，十九是歌谣，卷二十是杂著。再把那细目翻来看看，见新体里选了谢朓①二十八首，沈约②十四首；古体里选了谢朓五十四首，沈约三十七首。心里很不明白，就把那第十卷与那十二卷同取出来对着看看，实看不出新体古体的分别处来。心里又想："这诗是王壬秋闿运③选的。这人负一时盛名，而《湘军志》一书做的委实是好，有目共赏，何以这诗选的未惬人意呢？"既而又想："沈归愚④选的《古诗源》，将那歌谣与诗混杂一起，也是大病；王渔洋⑤《古诗选》，亦不能有当人意；算来还是张翰风⑥的《古诗录》差强人意。莫管他怎样呢，且把古人的吟咏消遣闲愁罢了。"

---

① 谢朓（tiǎo）——（464—499）南朝齐诗人。字玄晖，陈郡阳夏（今河南太康）人。

② 沈约——（441—513）南朝史学家、文学家。字休文，吴兴武康（今浙江德清武康镇）人。

③ 王壬秋闿（kǎi）运——王闿运（1833—1916），中国学者、文学家。字壬（rén）秋，湖南湘潭人。清咸丰举人。

④ 沈归愚——沈德潜（1673—1769），清代诗人。字碻士，号归愚，江苏长洲（今吴县）人。

⑤ 王渔洋——王士禛，字子真，一字贻上，号阮亭，又号"渔洋山人"，清代诗人。

⑥ 张翰风——张琦，字翰风，清代古文家。

看了半日，复到店门口闲立。立了一会，方要回去，见一个戴红缨帽子的家人，走近面前，打了一个千儿，说："铁老爷，几时来的？"老残道："我昨日到的。"嘴里说着，心里只想不起这是谁的家人。那家人见老残愣着，知道是认不得了，便笑说道："家人叫黄升。敝上是黄应图黄大老爷。"老残道："哦！是了，是了。我的记性真坏！我常到你们公馆里去，怎么就不认得你了呢！"黄升道："你老'贵人多忘事'罢咧。"老残笑道："人虽不贵，忘事倒实在多的。你们贵上是几时来的？住在什么地方呢？我也正闷的慌，找他谈天去。"黄升道："敝上是总办庄大人委的，在这齐河上下买八百万料。现在料也买齐全了，验收委员也验收过了，正打算回省销差呢。刚刚这河又插上了，还得等两天才能走呢。你老也住在这店里吗？在那屋里？"老残用手向西指道："就在这西屋里。"黄升道："敝上也就住在上房北屋里，前儿晚上才到。前些时都在工上，因为验收委员过去了，才住到这儿的。此刻是在县里吃午饭；吃过了，李大人请着说闲话，晚饭还不定回来吃不吃呢。"老残点点头，黄升也就去了。

原来此人名黄应图，号人瑞，三十多岁年纪，系江西人氏。其兄由翰林转了御史①，与军机达拉密②至好，故这黄人瑞捐了

---

① 御史——官名。秦以前为史官。明清仅存监察御史，分道纠察。

② 军机达拉密——清朝自雍正开始，设立军机处。除军机大臣外，其僚属称为军机章京。通称小军机。乾隆时定为满、汉两班，各八人，后增四班三十二人。每班有领班、帮领班各一人，满语称为"达拉密"。

个同知，来山东河工投效。有军机的八行①，抚台是格外照应的，眼看大案保举出奏，就是个知府大人了。人倒也不甚俗，在省城时，与老残亦颇来往过数次，故此认得。

老残又在店门口立了一刻，回到房中，也就差不多黄昏的时候。到房里又看了半本诗，看不见了，点上蜡烛。只听房门口有人进来，嘴里喊道："补翁，补翁！久违的很了！"老残慌忙立起来看，正是黄人瑞。彼此作过了揖，坐下，各自谈了些别后的情事。

黄人瑞道："补翁还没有用过晚饭罢？我那里虽然有人送了个一品锅，几个碟子，恐怕不中吃，倒是早起我叫厨子用口蘑漱了一只肥鸡，大约还可以下饭，请你到我屋子里去吃饭罢。古人云：'最难风雨故人来。'这冻河的无聊，比风雨更难受，好友相逢，这就不寂寞了。"老残道："甚好，甚好。既有嘉肴，你不请我，也是要来吃的。"人瑞看桌上放的书，顺手揭起来一看，是《八代诗选》，说："这诗总还算选得好的。"也随便看了几首，丢下来说道："我们那屋里坐罢。"

于是两个人出来。老残把书理了一理，拿把锁把房门锁上，就随着人瑞到上房里来。看是三间屋子：一个里间，两个明间。堂屋门上挂了一个大呢夹板门帘，中间安放一张八仙桌子，桌子上铺了一张漆布。人瑞问："饭得了没有？"家人说："还须略等

① 八行——旧时信笺多为每张八行，一般称人情请托的信件叫"八行书"或"八行"。

一刻，鸡子还不十分烂。”人瑞道：“先拿碟子来吃酒罢。”

家人应声出去，一霎时转来，将桌子架开，摆了四双筷子，四只酒杯。老残问：“还有那位？”人瑞道：“停一会儿你就知道了。”杯筷安置停妥，只有两张椅子，又出去寻椅子去。人瑞道：“我们炕上坐坐罢。”明间西首本有一个土炕，炕上铺满了芦席。炕的中间，人瑞铺了一张大老虎绒毯，毯子上放了一个烟盘子，烟盘两旁两条大狼皮褥子，当中点着明晃晃的个太谷灯。

怎样叫做“太谷灯”呢？因为山西人财主最多，却又人人吃烟，所以那里烟具比别省都精致。太谷是个县名，这县里出的灯，样式又好，火力又足，光头又大，五大洲数他第一。可惜出在中国，若是出在欧美各国，这第一个造灯的人，各报上定要替他扬名，国家就要给他专利的凭据了。无奈中国无此条例，所以叫这太谷第一个造灯的人，同那寿州第一个造斗的人，虽能使器物利用，名满天下，而自己的声名埋没。虽说择术不正，可知时会使然。

闲话少说。那烟盘里摆了几个景泰蓝的匣子，两枝广竹烟枪，两边两个枕头。人瑞让老残上首坐了，他就随手躺下，拿了一枝烟签子，挑烟来烧，说：“补翁，你还是不吃吗？其实这样东西，倘若吃得废时失业的，自然是不好；若是不上瘾，随便消遣消遣，倒也是个妙品，你何必拒绝的这么厉害呢？”老残道：“我吃烟的朋友很多，为求他上瘾吃的，一个也没有，都是消遣消遣，就消遣进去了。及至上瘾以后，不但不足以消遣，反成了个无穷之累。我看你老哥，也还是不消遣的为是。”人瑞道：“我自有分寸，断不上这个当的。”

说着，只见门帘一响，进来了两个妓女：前头一个有十七八岁，鸭蛋脸儿；后头一个有十五六岁，瓜子脸儿。进得门来，朝炕上请了两个安。人瑞道：“你们来了？”朝里指道：“这位铁老爷，是我省里的朋友。翠环，你就伺候铁老爷，坐在那边罢。”只见那个十七八岁的就挨着人瑞在炕沿上坐下了。那十五六岁的，却立住，不好意思坐。老残就脱了鞋子，挪到炕里边去盘膝坐了，让她好坐。她就侧着身，趔趄着坐下了。

老残对人瑞道：“我听说此地没有这个的，现在怎样也有了？”人瑞道：“不然，此地还是没有。他们姐儿两个，本来是平原二十里铺做生意的。她爹妈就是这城里的人，她妈同着她姐儿俩在二十里铺住。前月她爹死了，她妈回来，因恐怕她们跑了，所以带回来的，在此地不上店。这是我闷极无聊，叫他们找了来的。这个叫翠花，你那个叫翠环，都是雪白的皮肤，很可爱的。你瞧她的手呢，包管你合意。”老残笑道：“不用瞧，你说的还会错吗。”

翠花倚住人瑞对翠环道：“你烧口烟给铁老爷吃。”人瑞道：“铁爷不吃烟，你叫她烧给我吃罢。”就把烟签子递给翠环。翠环鞠拱着腰烧了一口，上在斗上，递过去。人瑞“呼呼”价吃完。

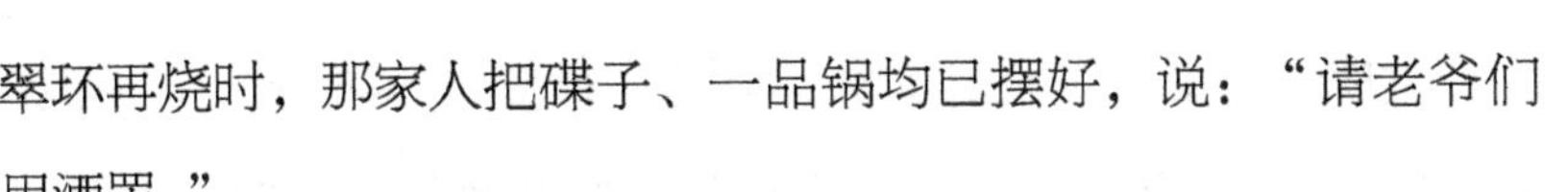

翠环再烧时，那家人把碟子、一品锅均已摆好，说：“请老爷们用酒罢。”

人瑞立起身来说：“喝一杯罢，今天天气很冷。”遂让老残上坐，自己对坐，命翠环坐在上横头，翠花坐下横头。翠花拿过酒壶，把各人的酒加了一加，放下酒壶，举箸来先布老残的菜。老残道：“请歇手罢，不用布了。我们不是新娘子，自己会吃的。”随又布了黄人瑞的菜。人瑞也替翠环布了一箸子菜。翠环慌忙立起身来说：“您那歇手。”又替翠花布了一箸。翠花说：“我自己来吃罢。”就用勺子接了过来，递到嘴里，吃了一点，就放下来了。人瑞再三让翠环吃菜，翠环只是答应，总不动手。

人瑞忽然想起，把桌子一拍，说：“是了，是了！”遂直着嗓子喊了一声：“来啊！”只见门帘外走进一个家人来，离席六七尺远，立住脚。人瑞点点头，叫他走进一步，遂向他耳边低低说了两句话。只见那家人连声道：“喳，喳。”回过头就去了。

过了一刻，门外进来一个著蓝布棉袄的汉子，手里拿了两个三弦子，一个递给翠花，一个递给翠环，嘴里向翠环说道：“叫你吃菜呢，好好的伺候老爷们。”翠环仿佛没听清楚，朝那汉子看了一眼。那汉子道：“叫你吃菜，你还不明白吗？”翠环点头道：“知道了。”当时就拿起筷子来布了黄人瑞一块火腿，又夹了一块布给老残。老残说：“不用布最好。”人瑞举杯道：“我们干一杯罢。让她们姐儿两个唱两曲，我们下酒。”

说着，她们的三弦子已都和好了弦，一递一段的唱了一支曲子。人瑞用筷子在一品锅里捞了半天，看没有一样好吃的，便说道：“这一品锅里的物件，都有徽号，您知道不知道？”老残说：“不知道。”他便用筷子指着说道：“这叫‘怒发冲冠’的鱼翅；这叫‘百折不回’的海参；这叫‘年高有德’的鸡；这叫‘酒色过度’的鸭子；这叫‘恃强拒捕’的肘子；这叫‘臣心如水’的汤。”说着，彼此大笑了一会。

她们姐儿两个，又唱了两三个曲子。家人捧上自己潄的鸡来。老残道：“酒很够了，就趁热盛饭来吃罢。”家人当时端进四个饭来。翠花立起，接过饭碗，送到各人面前，泡了鸡汤，各自饱餐。饭后，擦过脸，人瑞说：“我们还是炕上坐罢。”家人来撤残肴，四人都上炕去坐。老残敧在上首，人瑞敧在下首。翠花倒在人瑞怀里，替他烧烟。翠环坐在炕沿上，无事做，拿着弦子，崩儿崩儿价拨弄着玩。

人瑞道：“老残，我多时不见你的诗了，今日总算‘他乡遇故知’，您也该做首诗，我们拜读拜读。”老残道：“这两天我看见冻河，很想做诗，正在那里打主意，被你一阵胡搅，把我的诗也搅到那‘酒色过度’的鸭子里去了！”人瑞道：“你快别‘恃强拒捕’，我可就要‘怒发冲冠’了！”说罢，彼此呵呵大笑。老残道：“有，有，有，明天写给你看。”人瑞道：“那不行！你瞧，这墙上有斗大一块新粉的，就是为你题诗预备的。”老残摇头道：“留给你题罢。”人瑞把烟枪望盘子里一放，说：“稍缓即逝，能由得你吗！”就立起身来，跑到房里，拿了一枝笔，一块砚台，一锭墨出来，放在桌上，说："翠环，你来磨墨。"翠环当真倒了点冷茶，磨起墨来。

霎时间，翠环道："墨得了，您写罢。"人瑞取了个布掸子，说道："翠花掌烛，翠环捧砚，我来掸灰。"把枝笔递到老残手里，翠花举着蜡烛台，人瑞先跳上炕，立到新粉的一块底下，把灰掸了。翠花、翠环也都立上炕去，站在左右。人瑞招手道："来，来，来！"老残笑说道："你真会乱！"也就站上炕去，将笔在砚台上蘸好了墨，呵了一呵，就在墙上七歪八扭的写起来了。翠环恐怕砚上墨冻，不住的呵，那笔上还是裹了细冰，笔头越写越肥。顷刻写完，看是：

地裂北风号，长冰蔽河下。
后冰逐前冰，相陵得相亚。
河曲易为塞，嵯峨银桥架。
归人长咨嗟，旅客空叹咤。
盈盈一水间，轩车不得驾。
锦筵招妓乐，乱此凄其夜。

人瑞看了，说道："好诗，好诗！为甚不落款呢?"老残道："题个江右黄人瑞罢。"人瑞道："那可要不得！冒了个会做诗的名，担了个挟妓饮酒革职的处分，有点不合算。"老残便题了"补残"二字，跳下炕来。

翠环姐妹放下砚台烛台，都到火盆边上去烘手，看炭已将烬，就取了些生炭添上。老残立在炕边，向黄人瑞拱拱手，道：

"多扰，多扰！我要回屋子睡觉去了。"人瑞一把拉住，说道："不忙，不忙！我今儿听见一件惊天动地的案子，其中关系着无限的性命，有夭娇离奇的情节，正要与你商议，明天一黑早就要复命的。你等我吃两口烟，长点精神，说给你听。"老残只得坐下。未知究竟是段怎样的案情，且听下回分解。

# 第 十 三 回

## 娓娓青灯女儿酸语 滔滔黄水观察嘉谟①

话说老残复行坐下，等黄人瑞吃几口烟，好把这惊天动地的案子说给他听，随便也就躺下来了。翠环此刻也相熟了些，就倚在老残腿上，问道："铁老，你贵处是那里？这诗上说的是什么话？"老残一一告诉她听。她便凝神想了一想道："说的真是不错。但是诗上也兴说这些话吗？"老残道："诗上不兴说这些话，更说什么话呢？"翠环道："我在二十里铺的时候，过往客人见的很多，也常有题诗在墙上的。我最喜欢请他们讲给我听，听来听去，大约不过两个意思：体面些的人总无非说自己才气怎么大，天下人都不认识他；次一等的人呢，就无非说那个姐儿长的怎么好，同他怎么样的恩爱。

"那老爷们的才气大不大呢，我们是不会知道的。只是过来过去的人怎样都是些大才，为啥想一个没有才的看看都看不着呢？我说一句傻话：既是没才的这么少，俗语说的好，'物以稀为贵'，岂不是没才的倒成了宝贝了吗？这且不去管他。

① 观察嘉谟——观察，清代对道员的尊称。明代各道都设观察使，清无此官职，清代的道员与明代的观察使相当。嘉谟，好计划、好主意。这里有意用反语来嘲讽主张掘开民埝的候补道。

“那些说姐儿们长得好的，无非却是我们眼面前的几个人，有的连鼻子眼睛还没有长的周全呢，她们不是比她西施，就是比她王嫱①；不是说她沉鱼落雁，就是说她闭月羞花。王嫱俺不知道她老是谁，有人说，就是昭君娘娘。我想，昭君娘娘跟那西施娘娘难道都是这种乏样子吗？一定靠不住了。

“至于说姐儿怎样跟他好，恩情怎样重，我有一回发了傻性子，去问了问，那个姐儿说：‘他住了一夜就麻烦了一夜。天明问他要讨个两数银子的体己，他就抹下脸来，直着脖儿梗，乱嚷说：我正账昨儿晚上就开发了，还要什么体已钱？’那姐儿哩，再三央告着说：‘正账的钱呢，店里伙计扣一分，掌柜的又扣一分，剩下的全是领家的妈拿去，一个钱也放不出来。俺们的胭脂花粉，跟身上穿的小衣裳，都是自已钱买。光听听曲子的老爷们，不能问他要，只有这留住的老爷们，可以开口讨两个伺候辛苦钱。’再三央告着，他给了二百钱一个小串子，望地下一摔，还要撇着嘴说：‘你们这些强盗婊子，真不是东西！混账王八蛋！’你想有恩情没有？因此，我想，做诗这件事是很没有意思的，不过造些谣言罢了。你老的诗，怎么不是这个样子呢？”老残笑说道：“‘各师父各传授，各把戏各变手’。我们师父传我们的时候，不是这个传法，所以不同。”

黄人瑞刚才把一筒烟吃完，放下烟枪，说道：“真是‘人不可貌相，海水不可斗量’。做诗不过是造些谣言，这句话真被这

① 王嫱（qiáng）——即王昭君，中国古代四大美女之一。

孩子说着了呢！从今以后，我也不做诗了，免得造些谣言，被他们笑话。”翠环道：“谁敢笑话你老呢！俺们是乡下没见过世面的孩子，胡说乱道，你老爷可别怪着我，给你老磕个头罢！”就侧着身子，朝黄人瑞把头点了几点。黄人瑞道：“谁怪着你呢，实在说的不错，倒是没有人说过的话！可见‘当局者迷，旁观者清’。”

老残道：“这也罢了，只是你赶紧说你那稀奇古怪的案情罢。既是明天一黑早要复命的，怎么还这么慢腾斯礼的呢？”人瑞道：“不用忙，且等我先讲个道理你听，慢慢的再说那个案子。我且问你，河里的冰明天能开不能开？”答道：“不能开。”问：“冰不能开，冰上你敢走吗？明日能动身吗？”答：“不能动身。”问：“既不能动身，明天早起有什么要事没有？”答：“没有。”

黄人瑞道：“却又来！既然如此，你慌着回屋子去干什么？当此沉闷寂寥的时候，有个朋友谈谈，也就算苦中之乐了。况且他们姐儿两个，虽比不上牡丹、芍药，难道还及不上牵牛花、淡竹叶花吗？剪烛斟茶，也就很有趣的。我对你说：在省城里，你忙我也忙，总想畅谈，总没有个空儿。难得今天相遇，正好畅谈一回。我常说：人生在世，最苦的是没地方说话。你看，一天说到晚的话，怎么说没地方说话呢？大凡人肚子里，发话有两个所在：一个是从丹田底下出来的，那是自己的话；一个是从喉咙底下出来的，那是应酬的话。省城里那么些人，不是比我强的，就是不如我的。比我强的，他瞧不起我，所以不能同他说话；那不如我的，又要妒忌我，又不能同他说话。难道没有同我差不多的人吗？境遇虽然差不多，心地却就大不同了。他自以为比我强，就瞧不起我；自以为不如我，就妒我：所以直没有说话的地方。像你老哥总算是圈子外的人，今日难得相逢，我又素昔佩服你的，我想你应该怜惜我，同我谈谈；你偏急着要走，怎么教人不难受呢？”

老残道：“好，好，好！我就陪你谈谈。我对你说罢：我回屋子也是坐着，何必矫强呢？因为你已叫了两个姑娘，正好同他们说说情义话，或者打两个皮科儿①，嘻笑嘻笑，我在这里不便。其实我也不是道学先生想吃冷猪肉②的人，作什么伪呢！”人瑞道：“我也正为他们的事情，要同你商议呢。”站起来，把翠环的袖子抹上去，露出臂膊来，指给老残看，说：“你瞧，这些伤痕教人可惨不可惨呢！”老残看时，有一条一条青的，有一点一点紫的。人瑞又道：“这是膀子上如此，我想身上更可怜了。翠环，你就把身上解开来看看。”

翠环这时两眼已搁满了汪汪的泪，只是忍住不叫他落下来，被他手这么一拉，却滴滴的连滴了许多泪。翠环道：“看什么，

---

① 皮科儿——打趣、调侃人的话。

② 吃冷猪肉——古时每年仲春（二月）、仲秋（八月），各州县都要举行祭祀孔子的典礼，礼毕，将祭祀的肉（胙肉）分给参加祭典的儒生。陪孔子受祭的，还有经皇帝批准“从祀孔庙”的历代名儒。胙肉全是冷的，“圣贤”受祭和儒生分吃胙肉，俗话就说成“吃冷猪肉”，道学先生是想死后“从祀孔庙”的，“想吃冷猪肉”就成了对道学先生的讥诮。

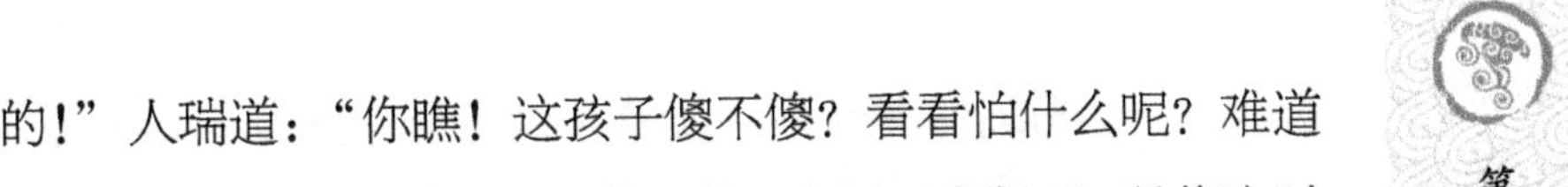

怪臊的！”人瑞道：“你瞧！这孩子傻不傻？看看怕什么呢？难道做了这项营生，你还害臊吗？”翠环道：“怎不害臊！”翠花这时眼眶子里也搁着泪，说道：“您别叫她脱了。”回头朝窗外一看，低低向人瑞耳中不知说了两句什么话，人瑞点点头，就不作声了。

老残此刻攲在炕上，心里想着：“这都是人家好儿女，父母养她的时候，不知费了几多的精神，历了无穷的辛苦，淘气碰破了块皮，还要抚摩的；不但抚摩，心里还要许多不受用。倘被别家孩子打了两下，恨得什么似的。那种痛爱怜惜，自不待言。谁知抚养成人，或因年成饥馑，或因其父吃鸦片烟，或好赌钱，或被打官司拖累，逼到万不得已的时候，就糊里糊涂将女儿卖到这门户人家，被鸨儿①残酷，有不可以言语形容的境界。”因此触动自己的生平所见所闻，各处鸨儿的刻毒，真如一个师父传授，总是一样的手段，又是愤怒，又是伤心，不觉眼睛角里，也自有点潮丝丝的起来了。

此时大家默无一言，静悄悄的。只见外边有人掮了一卷行李，由黄人瑞家人带着，送到里间房里去了。那家人出来向黄人瑞道：“请老爷要过铁老爷的房门钥匙来，好送翠环行李进去。”老残道：“自然也掮到你们老爷屋里去。”人瑞道：“得了，得了！别吃冷猪肉了。把钥匙给我罢。”老残道：“那可不行！我从来不干这个的。”人瑞道：“我早吩咐过了，钱已经都给了。你这是何

---

① 鸨（bǎo）儿——指开妓院的女人，也叫鸨母、老鸨。

苦呢?”老残道：“钱给了不要紧，该多少我明儿还你就截了。既已付过了钱，她老鸨子也没有什么说的，也不会难为了她，怕什么呢?”翠花道：“你当真的教她回去，跑不了一顿饱打，总说她是得罪了客。”老残道：“我还有法子：今儿送她回去，告诉她，明儿仍旧叫她，这也就没事了。况且他是黄老爷叫的人，干我什么事呢？我情愿出钱，岂不省事呢?”黄人瑞道：“我原是为你叫的。我昨儿已经留了翠花，难道今儿好叫翠花回去吗？不过大家解解闷儿，我也不是一定要你如此云云。昨晚翠花在我屋里讲了一夜，坐到天明，不过我们借此解个闷，也让她少挨两顿打，那儿不是积功德呢。我先是因为她们的规矩，不留下是不准动筷子的，倘若不黑就来，坐到半夜里饿着肚子，碰巧还省不了一顿打。因为老鸨儿总是说，客人既留你到这时候，自然是喜欢你的，为什么还会叫你回来？一定是应酬不好，碰的不巧，就是一顿。所以我才叫他们告诉说：都已留下了。你不看见他那伙计叫翠环吃菜么？那就是个暗号。”

说到此处，翠花向翠环道：“你自己央告央告铁爷，可怜可怜你罢。”老残道：“我也不为别的，钱是照数给。让她回去，她也安静，我也安静些。”翠花鼻子里哼了一声，说：“你安静是实，她可安静不了的!”翠环歪过身子，把脸儿向着老残道：“铁爷，我看你老的样子，怪慈悲的，怎么就不肯慈悲我们孩子一点吗？你老屋里的炕，一丈二尺长呢，你老铺盖不过占三尺宽，还多着九尺地呢，就舍不得赏给我们孩子避一宿难吗？倘若赏脸，要我孩子伺候呢，装烟倒茶，也还会做；倘若恶嫌的很呢，求你

老包涵些，赏个炕畸角混一夜，这就恩典得大了！”

老残伸手在衣服袋里将钥匙取出，递与翠花，说：“听你们怎么搅去罢，只是我的行李可动不得的。”翠花站起来，递与那家人，说：“劳你驾，看他伙计送进去，就出来，请你把门就锁上。劳驾，劳驾！”那家人接着钥匙去了。

老残用手抚摩着翠环的脸，说道：“你是那里人？你鸨儿姓什么？你是几岁卖给他的？”翠环道：“俺这妈姓张。”说了一句就不说了，袖子内取出一块手巾来擦眼泪，擦了又擦，只是不作声。老残道：“你别哭呀。我问你老底子家里事，也是替你解闷的，你不愿意说，就不说也行，何苦难受呢？”翠环道：“我原底子没有家！”

翠花道：“你老别生气，这孩子就是这脾气不好，所以常挨打。其实，也怪不得他难受。二年前，她家还是个大财主呢，去年才卖到俺妈这儿来。她为自小儿没受过这个折蹬，所以就种种的不讨好。其实，俺妈在这里头，算是顶善和的哩。她到了明年，恐怕要过今年这个日子也没有了！”说到这里，那翠环竟掩面呜咽起来。翠花喊道：“嘿！这孩子可是不想活了！你瞧，老爷们叫你来为开心的，你可哭开自己咧！那不得罪人吗？快别哭咧！”

老残道：“不必，不必！让她哭哭很好。你想，他憋了一肚子的闷气，到那里去哭？难得遇见我们两个没有脾气的人，让她哭个够，也算痛快一回。”用手拍着翠环道：“你就放声哭也不要紧，我知道黄老爷是没忌讳的人。只管哭，不要紧的。”黄人瑞在旁大声嚷道："小翠环，好孩子，你哭罢！劳你驾，把你黄老爷肚里憋的一肚子闷气，也替我哭出来罢！"

大家听了这话，都不禁发了一笑，连翠环遮着脸也"扑嗤"的笑了一声。原来翠环本来知道在客人面前万不能哭的，只因老残问到她老家的事，又被翠花说出她二年前还是个大财主，所以触起他的伤心，故眼泪不由的直穿出来，要强忍也忍不住。及至听到老残说他受了一肚子闷气，到那里去哭，让她哭个够，也算痛快一回，心里想道："自从落难以来，从没有人这样体贴过她，可见世界上男子并不是个个人都是拿女儿家当粪土一般作践的。只不知道像这样的人世界上多不多，我今生还能遇见几个？想既能遇见一个，恐怕一定总还有呢"。心里只顾这么盘算，倒把刚才的伤心盘算的忘记了，反侧着耳朵听他们再说什么。忽然被黄人瑞喊着，要托她替哭，怎样不好笑呢？所以含着两包眼泪，"扑嗤"的笑了一声，并抬起头来看了人瑞一眼，哪知被他们看了这个形景，越发笑个不止。翠环此刻心里一点主意没有，看看他们傻笑，只好糊里糊涂，陪着他们嘻嘻的傻了一回。

老残便道："哭也哭过了，笑也笑过了，我还要问你：怎么二年前她还是个大财主？翠花，你说给我听听。"翠花道："她是俺这齐东县的人。她家姓田，在这齐东县南门外有二顷多地；在城里，还有个杂货铺子。她爹妈只养活了她，还有她个小兄弟，今年才五六岁呢。她还有个老奶奶。俺们这大清河边上的地，多半是棉花地，一亩地总要值一百多吊钱呢，她有二顷多地，不就是两万多吊钱吗？连上铺子，就够三万多了。俗说‘万贯家财’，一万贯家财就算财主，他有三万贯钱，不算个大财主吗？”

老残道：“怎么样就会穷呢？”翠花道：“那才快呢！不消三天，就家破人亡了！这就是前年的事情。俺这黄河不是三年两头的倒口子吗？庄抚台为这个事焦的了不得似的。听说有个什么大人，是南方有名的才子，他就拿了一本什么书给抚台看，说这个河的毛病是太窄了，非放宽了不能安静，必得废了民埝，退守大堤。这话一出来，那些候补大人个个说好。抚台就说‘这些堤里百姓怎样好呢？须得给钱叫他们搬开才好。’谁知道这些总办候补道王八蛋大人们说：‘可不能叫百姓知道。你想，这堤埝中间五六里宽，六百里长，总有十几万家，一被他们知道了，这几十万人守住民埝，那还废的掉吗？’庄抚台没法，点点头，叹了口气，听说还落了几点眼泪呢。”

“这年春天就赶紧修了大堤，在济阳县南岸，又打了一道隔堤。这两样东西就是杀这几十万人的一把大刀！可怜俺们这小百姓哪里知道呢！看看到了六月初几里，只听人说：‘大汛到咧！大汛到咧！’那埝上的队伍不断的两头跑。那河里的水一天长一尺多，一天长一尺多，不到十天工夫，那水就比埝顶低不很远了，比着那埝里的平地，怕不有一两丈高！到了十三四里，只见那埝上的报马，来来往往，一会一匹，一会一匹。到了第二天晌午时候，各营盘里，掌号齐人，把队伍都开到大堤上去。”

“那时就有机灵人说：‘不好！恐怕要出乱子！俺们赶紧回

去预备搬家罢！’谁知道那一夜里，三更时候，又赶上大风大雨，只听得稀里哗拉，那黄河水就像山一样的倒下去了。那些村庄上的人，大半都还睡在屋里，呼的一声，水就进去，惊醒过来，连忙是跑，水已经过了屋檐。天又黑，风又大，雨又急，水又猛。你老想，这时候有什么法子呢？”未知后事如何，且听下回分解。



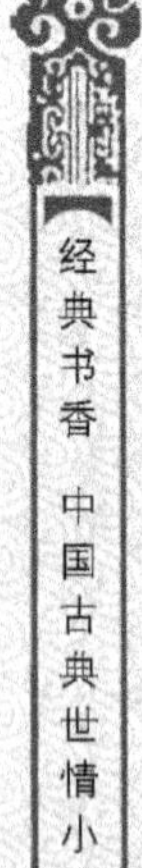

# 第 十 四 回

## 大县若蛙半浮水面　小船如蚁分送馒头

话说翠花接着说道："到了四更多天，风也息了，雨也止了，云也散了，透出一个月亮，湛明湛明。那村庄里头的情形是看不见的了，只有靠民埝近的，还有那抱着门板或桌椅板凳的，飘到民埝跟前，都就上了民埝。还有那民埝上住的人，拿竹竿子赶着捞人，也捞起来的不少。这些人得了性命，喘过一口气来，想一想，一家人都没有了，就剩了自己，没有一个不是号啕痛哭。喊爹叫妈的，哭丈夫的，疼儿子的，一条哭声，五百多里路长，你老看惨不惨呢！"

翠环接着道："六月十五这一天，俺娘儿们正在南门铺子里，半夜里听见人嚷说：'水下来了！'大家听说，都连忙起来。这一天本来很热，人多半是穿着褂裤，在院子里睡的。雨来的时候，才进屋子去；刚睡了一蒙蒙觉，就听外边嚷起来了，连忙跑到街上看，城也开了，人都望城外跑。城圈子外头，本有个小埝，每年倒口子用的，埝有五尺多高，这些人都出去守小埝。那时雨才住，天还阴着。

"一霎时，只见城外人，拼命价望城里跑；又见县官也不坐轿子，跑进城里来，上了城墙。只听一片声嚷说：'城外人家，不许搬东西！叫人赶紧进城，就要关城，不能等了！’俺们也都扒到城墙上去看，这里许多人用蒲包装泥，预备堵城门。县大老爷在城上喊：‘人都进了城了，赶紧关城。’城厢里头本有预备的土包，关上城，就用土包把门后头叠上了。

“俺有个齐二叔住在城外，也上了城墙。这时候，云彩已经回了山，月亮很亮的。俺妈看见齐二叔，问他：‘今年怎正厉害？’齐二叔说：‘可不是呢！往年倒口子，水下来，初起不过尺把高；正水头到了，也不过二尺多高，没有过三尺的；总不到顿把饭的工夫，水头就过去，总不过二尺来往水。今年之水，真霸道！一来就一尺多，一霎就过了二尺！县大老爷看势头不好，恐怕小埝守不住，叫人赶紧进城罢。那时水已将近有四尺的光景了。大哥这两天没见，敢是在庄子上么？可担心的很呢！’俺妈就哭了，说：‘可不是呢！’

“当时只听城上一片嘈嚷，说：‘小埝漫咧！小埝漫咧！’城上的人呼呼价往下跑。俺妈哭着就地一坐，说：‘俺就死在这儿不回去了！’俺没法，只好陪着在旁边哭。只听人说：‘城门缝里过水！’那无数人就乱跑，也不管是人家，是店，是铺子，抓着被褥就是被褥，抓着衣服就是衣服，全拿去塞城门缝子。一会儿把咱街上估衣铺的衣服，布店里的布，都拿去塞了城门缝子。渐渐听说：‘不过水了！’又听嚷说：‘土包单弱，恐怕挡不住！’这就看着多少人到俺店里去搬粮食口袋，望城门洞里去填。一会看着搬空了；又有那纸店里的纸，棉花店里的棉花，又是搬个干净。




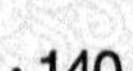

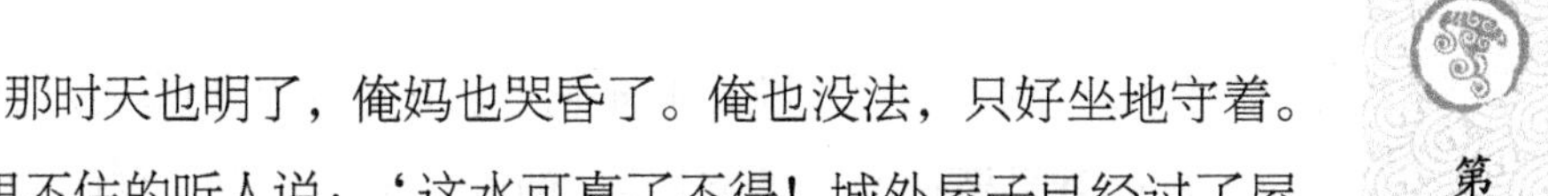



“那时天也明了，俺妈也哭昏了。俺也没法，只好坐地守着。耳朵里不住的听人说：‘这水可真了不得！城外屋子已经过了屋檐！这水头怕不快有一丈多深吗！从来没听说有过这么大的水！’后来还是店里几个伙计，上来把俺妈同俺架了回去。回到店里，那可不像样子了！听见伙计说：‘店里整布袋的粮食都填满了城门洞，囤子里的散粮被乱人抢了一个精光。只有泼洒在地下的，扫了扫，还有两三担粮食。’店里原有两个老妈子，她们家也在乡下，听说这么大的水，想必老老小小也都是没有命了，直哭的想死不想活。

“一直闹到太阳大歪西，伙计们才把俺妈灌醒了。大家喝了两口小米稀饭。俺妈醒了，睁开眼看看，说：‘老奶奶呢?’他们说：‘在屋里睡觉呢，不敢惊动她老人家。’俺妈说：‘也得请她老人家起来吃点么呀！’待得走到屋里，谁知道她老人家不是睡觉，是吓死了。摸了摸鼻子里，已经没有气。俺妈看见，‘哇’的一声，吃的两口稀饭，跟着一口血块子一齐呕出来，又昏过去了。亏得个老王妈在老奶奶身上尽自摩挲，忽然嚷道：‘不要紧！心口里滚热的呢’。忙着嘴对嘴的吹气，又喊快拿姜汤来。到了下午时候，奶奶也过来了，俺妈也过来了，这算是一家平安了。

“有两个伙计，在前院说话：‘听说城下的水有一丈四五了，这个多年的老城，恐怕守不住；倘若是进了城，怕一个活的也没有！’又一个伙计道：‘县大老爷还在城里，料想是不要紧的。’”

老残对人瑞道：“我也听说，究竟是谁出的这个主意，拿的是什么书，你老哥知道么?”人瑞道：“我是庚寅年来的，这是已

丑年的事，我也是听人说，未知确否。据说是史钧甫史观察创的议，拿的就是贾让的《治河策》。他说当年齐与赵、魏以河为境、赵、魏濒山，齐地卑下，作堤去河二十五里，河水东抵齐堤，则西泛赵、魏，赵、魏亦为堤，去河二十五里。

“那天，司道①都在院上，他将这几句指与大家看，说：‘可见战国时两堤相距是五十里地了，所以没有河患。今日两民埝相距不过三四里，即两大堤相距尚不足二十里，比之古人，未能及半，若不废民埝，河患断无已时。’宫保说：‘这个道理，我也明白。只是这夹堤里面尽是村庄，均属膏腴之地，岂不要破坏几万家的生产吗？’

“他又指《治河策》给宫保看，说：‘请看这一段说，‘难者将曰：若此败坏城郭田庐冢墓以万数，百姓怨恨。’贾让说：‘昔大禹治水，山陵当路者毁之，故凿龙门，辟伊阙，折砥柱，破碣石，堕断天地之性，尚且为之，况此乃人工所造，何足言也？’且又说：‘小不忍则乱大谋，宫保以为夹堤里的百姓，庐墓生产可惜，难道年年决口就不伤人命吗？此一劳永逸之事。所以贾让说：‘大汉方制万里，岂其与水争咫尺之地哉？此功一立，河定民安，千载无恙，故谓之上策。’汉朝方制，不过万里，尚不当与水争地；我国家方制数万里，若反与水争地，岂不令前贤笑后生吗？’又指储同人②批评云：‘三策遂成不刊之典，然自汉以

① 司道——巡抚的下一级属官。

② 储同人——储欣，字同人，清初散文家，宜兴（今江苏）人。康熙举人。

来，治河者率下策也。悲夫！汉、晋、唐、宋、元、明以来，读书人无不知贾让《治河策》等于圣经贤传，惜治河者无读书人，所以大功不立也。宫保若能行此上策，岂不是贾让二千年后得一知己？功垂竹帛，万世不朽！’宫保皱着眉头道：‘但是一件要紧的事，只是我舍不得这十几万百姓现在的身家。’两司道：‘如果可以一劳永逸，何不另酬一笔款项，把百姓迁徙出去呢？’宫保说：‘只有这个办法，尚属较妥。’后来听说筹了三十万银子，预备迁民。至于为什么不迁，我却不知道了。”

人瑞对着翠环说道：“后来怎么样呢？你说呀。”翠环道：“后来我妈拿定主意，听他去，水来，俺就淹死去！”翠花道：“那一年我也在齐东县，俺住在北门。俺三姨家北门离民埝相近，北门外大街铺子又整齐，所以街后两个小埝都不小，听说是一丈三的顶。那边地势又高，所以北门没有漫过来。十六那天，俺到城墙上，看见那河里漂的东西，不知有多少呢，也有箱子，也有桌椅板凳，也有窗户门扇。那死人，更不待说，漂的满河都是，不远一个，不远一个，也没人顾得去捞。有有钱的，打算搬家，就是雇不出船来。”

老残道：“船呢？上哪里去了？”翠花道：“都被官里拿了差，送馒头去了。”老残道：“送馒头给谁吃？要这些船干啥？”翠花道：“馒头功德可就大了！那庄子上的人，被水冲的有一大半，不有一少半呢，都是机灵点的人，一见水来，就上了屋顶，所以每一个庄子里屋顶上总有百把几十人，四面都是水，到那儿摸吃的去呢？有饿急了，重行跳到水里自尽的。亏得有抚台派的委

员，驾着船各处去送馒头，大人三个，小孩两个。第二天又有委员驾着空船，把他们送到北岸。这不是好极的事吗？谁知这些浑蛋还有许多蹲在屋顶上不肯下来呢！问他为啥，他说在河里有抚台给他送馍馍，到了北岸就没人管他吃，那就饿死了。其实抚台送了几天就不送了，他们还是饿死。您说这些人浑不浑呢？”

老残向人瑞道：“这事真正荒唐！是史观察不是，虽未可知，然创此议之人，却也不是坏心，并无一毫为己私见在内。只因但会读书，不谙世故，举手动足便错。孟子所以说：‘尽信书，则不如无书。’岂但河工为然？天下大事，坏于奸臣者十之三四；坏于不通世故之君子者，倒有十分之六七也！”又问翠环道：“后来你爹找着了没有？还是就被水冲去了呢？”翠环收泪道：“那还不是跟水去了吗！要是活着，能不回家来吗？”大家叹息了一会。

老残又问翠花道：“你才说她，到了明年，只怕要过今年这个日子也没有了，这话是个什么缘故？”翠花道：“俺这个爹不是死了吗？丧事里多花了一百几十吊钱；前日俺妈赌钱，掷骰子又输了二三百吊钱。共总亏空四百多吊，今年的年，是万过不去的了。所以前儿打算把环妹卖给蒯①二秃子家。这蒯二秃子出名的厉害，一天没有客，就要拿火筷子烙人。俺妈要他三百银子，他给了六百吊钱，所以没有说妥。你老想，现在到年，还能有多少天？这日子眼看着越过越紧，倘若到了年下，怕她不卖吗？这一卖，翠环可就够她难受了。”

---

① 蒯（kuǎi）——姓氏。

老残听了，默无一言；翠环却只揩泪。黄人瑞道："残哥，我才说，为他们的事情要同你商议，正是这个缘故。我想，眼看着一个老实孩子送到鬼门关里头去，实在可怜。算起不过三百银子的事情，我愿意出一半，那一半找几个朋友凑凑，你老哥也随便出几两，不拘多少。但是这个名我却不能担，倘若你老哥能把他要回去，这事就容易办了。你看好不好？"老残道："这事不难。银子呢，既你老哥肯出一半，那一半就是兄弟我出了罢。再要跟人家化缘，就不妥当了。只是我断不能要他，还得再想法子。"

翠环听到这里，慌忙跳下炕来，替黄、铁二公磕了两个头，说道："两位老爷菩萨，救命恩人，舍得花银子把我救出火炕，不管做什么，丫头、老妈子，我都情愿。只是有一件事，我得禀明在前：我所以常挨打，也不怪俺这妈，实在是俺自己的过犯。俺妈当初，因为实在饿不过了，所以把我卖给俺这妈，得了二十四吊钱，谢犒①中人等项，去了三四吊，只落了二十吊钱。接着去年春上，俺奶奶死了，这钱可就光了。俺妈领着俺个小兄弟讨饭吃，不上半年，连饿带苦，也就死了。只剩了俺一个小兄弟，今年六岁。亏了俺有个旧街坊李五爷，现在也住在这齐河县，做个小生意，他把他领了去，随便给点吃吃。只是他自顾还不足的人，那里能管他饱呢？穿衣服是更不必说了。所以我在二十里铺的时候，遇着好客，给个一吊八百的呢，我就一两个月攒个三千

① 谢犒（kào）——犒劳；酬谢。

两吊的给他寄来。现在蒙两位老爷救我出来，如在左近二三百里的地方呢，那就不说了，我总能省几个钱给他寄来；倘要远去呢，请两位恩爷总要想法，许我把这个孩子带着，或寄放在庵里庙里，或找个小户人家养着。俺田家祖上一百世的祖宗，做鬼都感激二位爷的恩典，结草衔环①，一定会报答你二位的！可怜俺田家就这一线的根苗！……”说到这里，便又号啕痛哭起来。

人瑞道：“这又是一点难处。”老残道：“这也没有什么难，我自有个办法。”遂喊道：“田姑娘，你不用哭了，包管你姊儿两个一辈子不离开就是了。你别哭，让我们好替你打主意；你把我们哭昏了，就出不出好主意来了。快快别哭罢！”翠环听罢，赶紧忍住泪，骨鼕②骨鼕替他们每人磕了几个响头。老残连忙将他搀起。谁知他磕头的时候，用力太猛，把额头上碰了一个大包，包又破了，流血呢。

老残扶她坐下，说：“这是何苦来呢！”又替她把额上血轻轻揩了，让她在炕上躺下，这就来向人瑞商议说：“我们办这件事，当分个前后次第：以替她赎身为第一步，以替她择配为第二步。

---

① 结草衔环——《左传·宣十五年》记载：晋大夫魏颗在他父亲死后，把他父亲的一个爱妾另嫁了，没有让她殉葬，后来同秦作战时，这个女子父亲的鬼魂出现，将地上的草结了起来，绊倒了敌方的大将，使魏颗取得胜利。《后汉书·杨震传》注引《续齐谐记》记载，后汉杨宝幼时，救了一只黄雀，“夜有黄衣童子衔白环四枚”相报，并保佑杨宝子孙四代都做大官。故“结草衔环”比喻感恩报德，至死不忘。

② 鼕（dōng）——冬的繁体字。象声词，敲鼓或敲门等声音。

赎身一事又分两层：以私商为第一步，公断为第二步。此刻别人出他六百吊，我们明天把他领家的叫来，也先出六百吊，随后再添。此种人不宜过于爽快；你过爽快，他就觉得奇货可居了。此刻银价每两换两吊七百文，三百两可换八百一十吊，连一切开销，一定足用的了。看他领家的来，口气何如：倘不执拗，自然私了的为是；如怀疑刁狡呢，就托齐河县替他当堂公断一下，仍以私了结局。人翁以为何如?”人瑞道：“极是，极是!”

老残又道：“老哥固然万无出名之理，兄弟也不能出全名，只说是替个亲戚办的就是了。等到事情办妥，再揭明择配的宗旨；不然，领家的是不肯放的。”人瑞道：“很好。这个办法，一点不错。”老残道：“银子是你我各出一半，无论用多少，皆是这个分法。但是我行箧中所有，颇不敷用，要请你老哥垫一垫；到了省城，我就还你。”人瑞道：“那不要紧，赎两个翠环，我这里的银子都用不了呢。只要事情办妥，老哥还不还都不要紧的。”老残道：“一定要还的！我在有容堂还存着四百多银子呢。你不用怕我出不起，怕害的我没饭吃。你放心罢。”

人瑞道：“就是这么办。明天早起，就叫她们去喊他领家的去。”翠花道：“早起你别去喊。明天早起，我们姐儿俩一定要回去的。你老早起一喊，倘若被他们知道这个意思，他一定把环妹妹藏到乡下去；再讲盘子①，那就受他的拿捏②了。况且他们抽鸦片烟的人，也起不早；不如下午，你老先着人叫我们姐儿俩

① 讲盘子——指讲价钱，讨价还价。

② 拿捏——刁难，要挟的意思。

来，然后去叫俺妈，那就不怕他了。只是一件：这事千万别说我说的。环妹妹是超升了的人，不怕他，俺还得在火坑里过活两年呢。”人瑞道：“那自然，还要你说吗！明天我先到县衙门里，顺便带个差人来。倘若你妈作怪，我先把翠环交给差人看管，那就有法制他了。”说着，大家都觉得喜欢得很。

老残便对人瑞道：“他们事已议定，大概如此。只是你先前说的那个案子呢？我到底不放心。你究竟是真话是假话？说了我好放心。”未知后事如何，且听下回分解。

# 第 十 五 回

## 烈焰有声惊二翠　严刑无度逼孤孀

话说老残与黄人瑞方将如何拔救翠环之法商议停妥，老残便向人瑞道："你适才说，有个惊天动地的案子，其中关系着无限的人命，又有夭矫离奇的情节，到底是真是假？我实实的不放心。"人瑞道："别忙，别忙。方才为这一个毛丫头的事，商议了半天。正经勾当，我的烟还没有吃好，让我吃两口烟，提提神，告诉你。"

翠环此刻心里蜜蜜的高兴，正不知如何是好，听人瑞要吃烟，赶紧拿过签子来，替人瑞烧了两口吃着。人瑞道："这齐河县东北上，离城四十五里，有个大村镇，名叫齐东镇，就是周朝齐东野人①的老家。这庄上有三四千人家，有条大街，有十几条小街。路南第三条小街上，有个贾老翁。这老翁年纪不过五十望岁，生了两个儿子，一个女儿。大儿子在时，有三十多岁了，二十岁上娶了本村魏家的姑娘。魏、贾这两家都是靠庄田吃饭，每人家有四五十顷地。魏家没有儿子，只有这个女儿，却承继了一

① 齐东野人——齐东：齐国（在今山东北部）东部。野人：乡下人。此处故意将"齐东野人"当作专名，是穿插进去的玩笑话。

个远房侄儿在家，管理一切事务。只是这个承继儿子不甚学好，所以魏老儿很不喜欢他，却喜欢这个女婿如同珍宝一般。谁知这个女婿去年七月，感了时气①，到了八月半边，就一命呜呼哀哉死了。过了百日，魏老头恐怕女儿伤心，常常接回家来过个十天半月的，解解他的愁闷。

“这贾家呢，第二个儿子今年廿四岁，在家读书。人也长的清清秀秀的，笔下也还文从字顺。贾老儿既把个大儿子死了，这二儿子便成了个宝贝，恐怕他劳神，书也不教他念了。他那女儿今年十九岁，像貌长的如花似玉，又加之人又能干，家里大小事情，都是她做主。因此本村人替她起了个诨名，叫做‘贾探春’。老二娶的也是本村一个读书人家的女儿，性格极其温柔，轻易不肯开口，所以人越发看他老实没用，起他个诨名叫‘二呆子’。

“这贾探春长到一十九岁，为何还没有婆家呢？只因为她才貌双全，乡庄户下，哪有那么俊俏男子来配她呢？只有邻村一个吴二浪子，人却生得倜傥不群，像貌也俊，言谈也巧，家道也丰富，好骑马射箭。同这贾家本是个老亲，一向往来，彼此女眷都是不回避的，只是这吴二浪子曾经托人来求亲。贾老儿暗想，这个亲事倒还做得；只是听得人说，这吴二浪子，乡下已经偷上了好几个女人，又好赌，又时常好跑到省城里去玩耍，动不动一两

① 时气——因气候失常而引发流行的病。

个月的不回来。心里算计，这家人家，虽算乡下的首富，终久家私要保不住，因此就没有应许。以后却是再要找个人材家道相平的，总找不着，所以把这亲事就此搁下了。

“今年八月十三是贾老大的周年。家里请和尚拜了三天忏，是十二、十三、十四三天。经忏拜完，魏老儿就接了姑娘回家过节。谁想当天下午，陡听人说，贾老儿家全家丧命。这一慌真就慌的不成话了！连忙跑来看时，却好乡约、里正俱已到齐。全家人都死尽，止有贾探春和她姑妈来了，都哭的泪人似的。顷刻之间，魏家姑奶奶，就是贾家的大娘子也赶到了；进得门来，听见一片哭声，也不晓得青红皂白，只好号啕大哭。

“当时里正前后看过，计门房，死了看门的一名，长工二名；厅房堂屋，倒在地下死了书童一名；厅房里间，贾老儿死在炕上；二进上房，死了贾老二夫妻两名，旁边老妈子一名，炕上三岁小孩子一名；厨房里，老妈子一名，丫头一名；厢房里，老妈子一名；前厅厢房里，管账先生一名。大小男女，共死了一十三名。当时具禀，连夜报上县来。

“县里次日一清早，带同仵作①下乡一一相验。没有一个受伤的人骨节不硬，皮肤不发青紫，既非杀伤，又非服毒，这没头案子就有些难办。一面贾家办理棺敛，一面县里具禀申报抚台。县

① 仵（wǔ）作——古时官衙中检验尸体的差役。

里正在序稿，突然贾家遣个抱告①，言已查出被人谋害形迹。”

方说到这里，翠环抬起头来喊道：“您瞧！窗户怎样这么红呀？”一言未了，只听得“必必剥剥”的声音，外边人声嘈杂，大声喊叫说：“起火！起火！”几个连忙跑出上房门来，才把帘子一掀，只见那火正是老残住的厢房后身。老残连忙身边摸出钥匙去开房门上的锁，黄人瑞大声喊道：“多来两个人，帮铁老爷搬东西！”

老残刚把铁锁开了，将门一推，只见房内一大团黑烟，望外一扑，那火舌已自由窗户里冒出来了。老残被那黑烟冲来，赶忙往后一退，却被一块砖头绊住，跌了一跤。恰好那些来搬东西的人正自赶到，就势把老残扶起，搀过东边去了。

当下看那火势，怕要连着上房，黄人瑞的家人就带着众人，进上房去抢搬东西。黄人瑞站在院心里，大叫道：“赶先把那帐箱搬出，别的却还在后！”说时，黄升已将帐箱搬出。那些人多手杂的，已将黄人瑞箱笼行李都搬出来放在东墙脚下。店家早已搬了几条长板凳来，请他们坐。人瑞检点物件，一样不少，却还多了一件，赶忙叫人搬往柜房里去。看官，你猜多的一件是何物事？原来正是翠花的行李。人瑞知道县官必来看火，倘若见了，有点难堪，所以叫人搬去。并对二翠道：“你们也往柜房里避一避去，立刻县官就要来的。”二翠听说，便顺墙根走往

① 抱告——清朝通例：乡绅或妇女进行诉讼，可以派遣家中仆人或亲属代为投状和出庭对质，叫“抱告”。

前面去了。

且说火起之时，四邻人等及河工夫役，都寻觅了水桶水盆之类，赶来救火。无奈黄河两岸俱已冻得实实的，当中虽有流水之处，人却不能去取。店后有个大坑塘，却早冻得如平地了。城外只有两口井里有水，你想，慢慢一桶一桶打起，中何用呢？这些人人急智生，就把坑里的冰凿开，一块一块的望火里投。哪知这冰的力量比水还大，一块冰投下去，就有一块地方没了火头。这坑正在上房后身，有七八个人立在上房屋脊上，后边有数十个人运冰上屋，屋上人接着望火里投，一半投到火里，一半落在上房屋上，所以火就接不到上房这边来。

老残与黄人瑞正在东墙看人救火，只见外面一片灯笼火把，县官已到，带领人夫手执挠钩长杆等件，前来救火。进得门来，见火势已衰，一面用挠钩将房扯倒，一面饬人①取黄河浅处薄冰抛入火里，以压火势，那火也就渐渐的熄了。

县官见黄人瑞立在东墙下，步上前来，请了一个安，说道："老宪台②受惊不小！"人瑞道："也还不怎样，但是我们补翁烧得苦点。"因向县官道："子翁，我介绍你会个人。此人姓铁，号补残，与你颇有关系，哪个案子上要倚赖他才好办。"县官道："嗳呀呀！铁补翁在此地吗？快请过来相会。"人瑞即招手大呼

① 饬（chì）人——命令人的意思。

② 宪台——御史台的别称。清朝用作地方官吏对知府以上长官的尊称。

道：“老残，请这边来！”

老残本与人瑞坐在一条凳上，因见县官来，踱过人丛里，借看火为回避。今闻招呼，遂走过来，与县官作了个揖，彼此道些景慕的话头。县官有马扎子①，老残与人瑞仍坐长凳子上。原来这齐河县姓王，号子谨，也是江南人，与老残同乡。虽是个进士出身，倒不糊涂。

当下人瑞对王子谨道：“我想阁下齐东村一案，只有请补翁写封信给宫保，须派白子寿来，方得昭雪；哪个绝物②也不敢过于倔强。我辈都是同官，不好得罪他的；补翁是方外人，无须忌讳。尊意以为何如？”子谨听了，欢喜非常，说：“贾魏氏活该有救星了！好极，好极！”老残听得没头没脑，答应又不是，不答应又不是，只好含糊唯诺。

当时火已全熄，县官要扯二人到衙门去住。人瑞道：“上房既未烧着，我仍可以搬入去住，只是铁公未免无家可归了。”老残道：“不妨，不妨！此时夜已深，不久便自天明。天明后，我自会上街置办行李，毫不碍事。”县官又苦苦的劝老残到衙门里去。老残说：“我打搅黄兄是不妨的，请放心罢。”县官又殷勤问：“烧些什么东西？未免大破财了。但是敝县购办得出的，自当稍尽绵薄。”老残笑道：“布衾一方，竹笥一只，布衫裤两件，

---

① 马扎子——也叫马扎，一种可以折叠的坐具。便于出行时在马上携带，故称。

② 绝物——此处指天下少有的坏家伙。

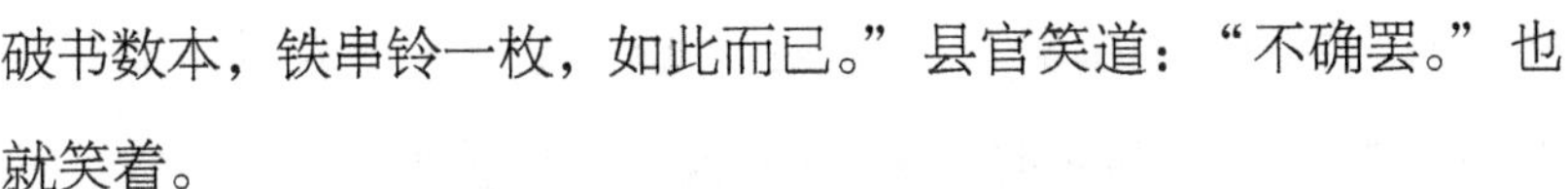

破书数本，铁串铃一枚，如此而已。”县官笑道：“不确罢。”也就笑着。

正要告辞，只见地保同着差人，一条铁索，锁了一个人来，跪在地下，像鸡子鹐米似的，连连磕头，嘴里只叫：“大老爷天恩！大老爷天恩！”那地保跪一条腿在地下，喊道：“火就是这个老头儿屋里起的。请大老爷示：还是带回衙门去审，还是在这里审？”县官便问道：“你姓什么？叫什么？那里人？怎么样起的火？”只见那地下的人又连连磕头，说道：“小的姓张，叫张二，是本城里人，在这隔壁店里做长工。因为昨儿从天明起来，忙到晚上二更多天，才稍为空闲一点，回到屋里睡觉。谁知小衫裤汗湿透了，刚睡下来，冷得异样，越冷越打战战，就睡不着了。小的看这屋里放着好些粟秸，就抽了几根，烧着烘一烘。又想起窗户台上有上房客人吃剩下的酒，赏小的吃的，就拿在火上煨热了，喝了几盅。谁知道一天乏透的人，得了点暖气，又有两杯酒下了肚，糊里糊涂，坐在那里，就睡着了。刚睡着，一霎儿的工夫，就觉得鼻子里烟呛的难受，慌忙睁开眼来，身上棉袄已经烧着了一大块，那粟秸打的壁子已通着了。赶忙出来找水来泼，那火已自出了屋顶，小的也没有法子了。所招是实，求大老爷天恩！”县官骂了一声“浑蛋”说：“带到衙门里办去罢！”说罢，立起身来，向黄、铁二公告辞：又再三叮嘱人瑞，务必设法玉成那一案，然后的匆匆去了。

那时火已熄尽，只冒白气。人瑞看着黄升带领众人，又将物件搬入，依旧陈列起来。人瑞道：“屋子里烟火气太重，烧盒万寿香来熏熏。”人瑞笑向老残道：“铁公，我看你还忙着回屋去不回呢?”老残道：“都是被你一留再留的。倘若我在屋里，不至于被他烧得这么干净。”人瑞道：“咦！不害臊！要是让你回去，只怕连你还烧死在里头呢！你不好好的谢我，反来埋怨我，真是不识好歹。”老残道：“难道我是死人吗？你不赔我，看我同你干休吗！”

说着，只见门帘揭起，黄升领了一个戴大帽子的进来，对着老残打了一个千儿，说：“敝上说给铁大老爷请安。送了一副铺盖来，是敝上自己用的，腌臜①点，请大老爷不要嫌弃，明天叫裁缝赶紧做新的送过来，今夜先将就点儿罢。又狐皮袍子马褂一套，请大老爷随便用罢。”老残立起来道：“累你们贵上费心。行李暂且留在这里，借用一两天，等我自己买了，就缴还。衣裳我都已经穿在身上，并没有烧掉，不劳贵上费心了。回去多多道谢。”那家人还不肯把衣服带去。仍是黄人瑞说：“衣服，铁老爷决不肯收的。你就说我说的，你带回去罢。”家人又打了个千儿去了。

老残道：“我的烧去也还罢了，总是你瞎捣乱，平白的把翠环的一卷行李也烧在里头，你说冤不冤呢?”黄人瑞道：“那才更不要紧呢！我说她那铺盖总共值不到十两银子，明日赏她十五两

① 腌臜（ā zā）——脏；不干净。

银子，她妈要喜欢的受不得呢。”翠环道：“可不是呢，大约就是我这个倒霉的人，一卷铺盖害了铁爷许多好东西都毁掉了。”老残道：“物件到没有值钱的，只可惜我两部宋板书，是有钱没处买的，未免可惜。然也是天数，只索听他罢了。”人瑞道：“我看宋板书到也不稀奇，只是可惜你那摇的串铃子也毁掉，岂不是失了你的衣着饭碗了吗？”老残道：“可不是呢。这可应该你赔了罢，还有什么说的？”人瑞道：“罢，罢，罢！烧了她的铺盖，烧了你的串铃。大吉大利，恭喜，恭喜！”对着翠环作了个揖，又对老残作了个揖，说道：“从今以后，他也不用做卖皮的婊子，你也不要做说嘴的郎中了！”

老残大叫道：“好，好，骂的好苦！翠环，你还不去拧他的嘴！”翠环道：“阿弥陀佛！总是两位的慈悲！”翠花点点头道：“环妹由此从良，铁老由此做官，这把火倒也实在是把大吉大利的火，我也得替二位道喜。”老残道：“依你说来，他却从良，我却从贱了？”黄人瑞道：“闲话少讲，我且问你：是说话是睡？如睡，就收拾行李；如说话，我就把那奇案再告诉你。”随即大叫了一声：“来啊！”

老残道：“你说，我很愿意听。”人瑞道：“不是方才说到贾家遣丁抱告，说查出被人谋害的情形吗？原来这贾老儿桌上有吃残了的半个月饼，一大半人房里都有吃月饼的痕迹。这月饼却是前两天魏家送得来的。所以贾家新承继来的个儿子名叫贾幹，同了贾探春告说是他嫂子贾魏氏与人通奸，用毒药谋害一家十三口性命。

“齐河县王子谨就把这贾幹传来，问他奸夫是谁，却又指不出来。食残的月饼，只有半个，已经擘①碎了，馅子里却是有点砒霜。王子谨把这贾魏氏传来，问这情形。贾魏氏供：‘月饼是十二日送来的。我还在贾家，况当时即有人吃过，并未曾死。’又把那魏老儿传来。魏老儿供称：‘月饼是大街上四美斋做的，有毒无毒，可以质证了。’及至把四美斋传来，又供月饼虽是他家做的，而馅子却是魏家送得来的。就是这一节，却不得不把魏家父女暂且收管。虽然收管，却未上刑具，不过监里的一间空屋，听他自己去布置罢了。子谨心里觉得仵作相验，实非中毒；自己又亲身细验，实无中毒情形。即使月饼中有毒，未必人人都是同时吃的，也没有个毒轻毒重的分别吗？

“苦主家催求讯断得紧，就详了抚台，请派员会审。前数日，齐巧派了刚圣慕来。此人姓刚，名弼，是吕谏堂的门生，专学他老师，清廉得格登登的。一跑得来，就把那魏老儿上了一夹棍，贾魏氏上了一拶子。两个人都晕厥过去，却无口供。哪知冤家路儿窄：魏老儿家里的管事的却是愚忠老实人，看见主翁吃这冤枉官司，遂替他筹了些款，到城里来打点，一投投到一个乡绅胡举人家。”

说到此处，只见黄升揭开帘子走进来，说：“老爷叫呀。”人

① 擘（bāi）——同“掰”，用手把东西分开或折断。

瑞道："收拾铺盖。"黄升道："铺盖怎样放法?"人瑞想了一想，说："外间冷，都睡到里边去罢。"就对老残道："里间炕很大，我同你一边睡一个，叫他们姐儿俩打开铺盖卷睡当中，好不好?"老残道："甚好，甚好，只是你孤栖了。"人瑞道："守着两个，还孤栖个什么呢?"老残道："管你孤栖不孤栖，赶紧说，投到这胡举人家怎么样呢?"要知后事如何，且听下回分解。

# 第十六回

## 六千金买得凌迟罪　一封书驱走丧门星

话说老残急忙要问他投到胡举人家便怎样了。人瑞道："你越着急，我越不着急！我还要抽两口烟呢！"老残急于要听他说，就叫："翠环，你赶紧烧两口，让他吃了好说。"翠环拿着签子便烧。黄升从里面把行李放好，出来回道："他们的铺盖，叫他伙计来放。"人瑞点点头。一刻，见先来的那个伙计，跟着黄升进去了。原来马头上规矩：凡妓女的铺盖，必须她伙计自行来放，家人断不肯替她放的；又兼之铺盖之外还有什么应用的物事，她伙计知道放在什么所在，妓女探手便得，若是别人放的，就无处寻觅了。

却说伙计放完铺盖出来，说道："翠环的烧了，怎么样呢?"人瑞道：那你就不用管罢。"老残道："我知道。你明天来，我赔你二十两银子，重做就是了。"伙计说："不是为银子，老爷请放心，为的是今儿夜里。"人瑞道："叫你不要管，你还不明白吗?"翠花也道："叫你不要管，你就回去罢。"那伙计才低着头出去。

人瑞对黄升道："天很不早了，你把火盆里多添点炭，坐一壶开水在旁边，把我墨盒子笔取出来，取几张红格子白八行书同信封子出来，取两枝洋蜡，都放在桌上，你就睡去罢。"黄升答应了一声“是”，就去照办。

这里人瑞烟也吃完。老残问道：“投到胡举人家怎样呢？”人瑞道：“这个乡下糊涂老儿，见了胡举人，扒下地就磕头，说：‘如能救得我主人的，万代封侯！’胡举人道：‘封侯不济事，要有钱才能办事呀。这大老爷，我在省城里也与他同过席，是认得的。你先拿一千银子来，我替你办。我的酬劳在外。’那老儿便从怀里摸出个皮靴页儿①来，取出五百一张的票子两张，交与胡举人，却又道：‘但能官司了结无事，就再花多少，我也能办。’胡举人点点头，吃过午饭，就穿了衣冠来拜老刚。”

老残拍着炕沿道：“不好了！”人瑞道：“这浑蛋的胡举人来了呢，老刚就请见，见了略说了几句套话。胡举人就把这一千银票子双手捧上，说道：‘这是贾魏氏那一案，魏家孝敬老公祖的，求老公祖格外成全。’”

老残道：“一定翻了呀！”人瑞道：“翻了倒还好，却是没有翻。”老残道：“怎么样呢？”人瑞道：“老刚却笑嘻嘻的双手接了，看了一看，说道：‘是谁家的票子？可靠得住吗？’胡举人道：‘这是同裕的票子，是敝县第一个大钱庄，万靠得住。’老刚道：‘这么大个案情，一千银子哪能行呢？’胡举人道：‘魏家人说，只要早早了结，没事，就再花多些，他也愿意。’老刚道：‘十三条人命，一千银子一条，也还值一万三呢。也罢，既是老兄来，兄弟情愿减半算，六千五百两银子罢。’胡举人连声答应

① 皮靴页儿——又称“皮靴掖儿”，这里即皮夹子。可放于靴筒内，所以叫“靴掖儿。”

道：‘可以行得，可以行得！’

“老刚又道：‘老兄不过是个介绍人，不可专主，请回去切实问他一问，也不必开票子来，只须老兄写明云：减半六五之数，前途①愿出。兄弟凭此，明日就断结了。’胡举人欢喜的了不得，出去就与那乡下老儿商议。乡下老儿听说官司可以了结无事，就擅专一回。谅多年宾东，不致遭怪；况且不要现银子：就高高兴兴的写了个五千五百两的凭据交与胡举人，又写了个五百两的凭据，为胡举人的谢仪。

“这浑蛋胡举人写了一封信，并这五千五百两凭据，一并送到县衙门里来。老刚收下，还给个收条。等到第二天升堂，本是同王子谨会审的。这些情节，子谨却一丝也不知道。坐上堂去，喊了一声‘带人’。那衙役们早将魏家父女带到，却都是死了一半的样子。两人跪到堂上，刚弼便从怀里摸出那个一千两银票并那五千五百两凭据和那胡举人的书子，先递给子谨看了一遍。子谨不便措辞，心中却暗暗的替魏家父女叫苦。

“刚弼等子谨看过，便问魏老儿道：‘你认得字吗？’魏老儿供：‘本是读书人，认得字。’又问贾魏氏：‘认得字吗？’供：‘从小上过几年学，认字不多。’老刚便将这银票、笔据叫差人送与他父女俩看。他父女回说：‘不懂这是什么缘故。’刚弼道：‘别的不懂，想必也是真不懂；这个凭据是谁的笔迹，下面注着名号，你也不认得吗？’叫差人：‘你再给那个老头儿看！’魏老

① 前途——市语切口，即文言的“彼”口语的“他”。交易说合、官司关节中代指当事人。

儿看过，供道：‘这凭据是小的家里管事的写的，但不知他为什么事写的。’

“刚弼哈哈大笑说：‘你不知道，等我来告诉你，你就知道了！昨儿有个胡举人来拜我，先送一千两银子，说你们这一案，叫我设法儿开脱；又说如果开脱，银子再要多些也肯。我想你们两个穷凶极恶的人，前日颇能熬刑，不如趁势讨他个口气罢，我就对胡举人说：“你告诉他管事的去，说害了人家十三条性命，就是一千两银子一条，也该一万三千两。”胡举人说：“恐怕一时拿不出许多。”我说：“只要他心里明白，银子便迟些日子不要紧的。如果一千银子一条命不肯出，就是折半五百两银子一条命，也该六千五百两，不能再少。”胡举人连连答应。我还怕胡举人孟浪，再三叮嘱他，叫他把这折半的道理告诉你们管事的，如果心服情愿，叫他写个凭据来，银子早迟不要紧的。第二天，果然写了这个凭据来。我告诉你，我与你无冤无仇，我为什么要陷害你们呢？你要摸心想一想，我是个朝廷家的官，又是抚台特特委我来帮着王大老爷来审这案子，我若得了你们的银子，开脱了你们，不但辜负抚台的委任，那十三条冤魂，肯依我吗？我再详细告诉你：倘若人命不是你谋害的，你家为什么肯拿几千两银子出来打点呢？这是第一据。在我这里花的是六千五百两，在别处花的且不知多少，我就不便深究了。倘人不是你害的，我告诉他照五百两一条命计算，也应该六千五百两，你那管事的就应该说：“人命实不是我家害的，如蒙委员代为昭雪，七千八千俱可，六千五百两的数目却不敢答应。”为什么他毫无疑义，就照五百两

一条命算账呢？是第二据。我劝你们早迟总得招认，免得饶上许多刑具的苦楚。’

“那父女两个连连叩头说：‘青天大老爷！实在是冤枉！’刚弼把桌子一拍，大怒道：‘我这样开导你们，还是不招，再替我夹拶起来？’底下差役炸雷似的答应了一声‘嗄’，夹棍拶子望堂上一摔，惊魂动魄价响。

“正要动刑，刚弼又道：‘慢着，行刑的差役上来，我对你讲。’几个差役走上几步，跪一条腿，喊道：‘请大老爷示。’刚弼道：‘你们伎俩我全知道：你看那案子是不要紧的呢，你们得了钱，用刑就轻些，让犯人不甚吃苦；你们看那案情重大，是翻不过来的了，你们得了钱，就猛一紧，把那犯人当堂治死，成全他个整尸首，本官又有个严刑毙命的处分，我是全晓得的。今日替我先拶贾魏氏，只不许拶得他发昏，但看神色不好，就松刑，等他回过气来再拶，预备十天工夫，无论你什么好汉，也不怕你不招！’

“可怜一个贾魏氏，不到两天，就真熬不过了，哭得一丝半气的，又忍不得老父受刑，就说道：‘不必用刑，我招就是了！人是我谋害的，父亲委实不知情！’刚弼道：‘你为什么害他全家？’魏氏道：‘我为妯娌不和，有心谋害。’刚弼道：‘妯娌不和，你害她一个人很够了，为什么毒他一家子呢？’魏氏道：‘我本想害她一人，因没有法子，只好把毒药放在月饼馅子里。因为她最好吃月饼，让她先毒死了，旁人必不至再受害了。’刚弼问：‘月饼馅子里，你放的什么毒药呢？’供：‘是砒霜。’‘哪里来的

砒霜呢?’供:‘叫人药店里买的。’‘哪家药店里买的呢?’‘自己不曾上街,叫人买的,所以不晓得那家药店。’问:‘叫谁买的呢?’供:‘就是婆家被毒死了的长工王二。’问:‘既是王二替你买的,何以他又肯吃这月饼受毒死了呢?’供:‘我叫他买砒的时候,只说为毒老鼠,所以他不知道。’问:‘你说你父亲不知情,你岂有个不同他商议的呢?’供:‘这砒是在婆家买的,买得好多天了。正想趁个机会放在小婶吃食碗里,值几日都无隙可乘,恰好那日回娘家,看他们做月饼馅子,问他们何用,他们说送我家节礼,趁无人的时候,就把砒霜搅在馅子里了。’

“刚弼点点头道:‘是了,是了。’又问道:‘我看你人很直爽,所招的一丝不错。只是我听人说,你公公平常待你极为刻薄,是有的罢?’魏氏道:‘公公待我如待亲生女儿一般恩惠,没有再厚的了。’刚弼道:‘你公公横竖已死,你何必替他回护呢?’魏氏听了,抬起头来,柳眉倒竖,杏眼圆睁,大叫道:‘刚大老爷!你不过要成就我个凌迟的罪名!现在我已遂了你的愿了,既杀了公公,总是个凌迟!你又何必要坐成个故杀呢?你家也有儿女呀!劝你退后些罢!’刚弼一笑道:‘论做官的道理呢,原该追究个水尽山穷;然既已如此,先让他把这个供画了。’”

再说黄人瑞道:“这是前两天的事,现在他还要算计那个老头子呢。昨日我在县衙门里吃饭,王子谨气得要死,逼得不好开口,一开口,仿佛得了魏家若干银子似的。李太尊在此地,也觉得这案情不妥当,然也没有法想,商议除非能把白太尊白子寿弄来才行。这瘟刚是以清廉自命的,白太尊的清廉,恐怕比他还靠得住些。白子寿的人品学问，为众所推服，他还不敢藐视，舍此更无能制伏他的人了。只是一两天内就要上详，宫保的性子又急，若奏出去就不好设法了。只是没法通到宫保面前去，凡我们同寅①，都要避点嫌疑。昨日我看见老哥，我从心眼里欢喜出来，请你想个什么法子。”

老残道：“我也没有长策。不过这种事情，其势已迫，不能计出万全的。只有就此情形，我详细写封信禀宫保，请宫保派白太尊来复审。至于这一炮响不响，那就不能管了。天下事冤枉的多着呢，但是碰在我辈眼目中，尽心力替他做一下子就罢了。”人瑞道：“佩服，佩服。事不宜迟，笔墨纸张都预备好了，请你老人家就此动笔。翠环，你去点蜡烛，泡茶。”

老残凝了一凝神，就到人瑞屋里坐下。翠环把洋烛也点着了。老残揭开墨盒，拔出笔来，铺好了纸，拈笔便写。哪知墨盒子已冻得像块石头，笔也冻得像个枣核子，半笔也写不下去。翠环把墨盒子捧到火盆上烘，老残将笔拿在手里，向着火盆一头烘，一头想。半霎功夫，墨盒里冒白气，下半边已烊了。老残蘸墨就写，写两行，烘一烘，不过半个多时辰，信已写好，加了个封皮，打算问人瑞，信已写妥，交给谁送去？对翠环道：“你请黄老爷进来。”

翠环把房门帘一揭，“格格”的笑个不止，低低喊道：“铁老，你来瞧！”老残往外一看，原来黄人瑞在南首，双手抱着烟

① 同寅——古时称在同一处做官的人。

枪，头歪在枕头上，口里拖三四寸长一条口涎，腿上却盖了一条狼皮褥子；再看那边，翠花睡在虎皮毯上，两只脚都缩在衣服里头，两只手抄在袖子里，头却不在枕头上，半个脸缩在衣服大襟里，半个脸靠着袖子，两个人都睡得实沉沉的了。

老残看了说："这可要不得，快点喊他们起来！"老残就去拍人瑞，说："醒醒罢，这样要受病的！"人瑞惊觉，懵里懵懂的，睁开眼说道："呵，呵！信写好了吗？"老残说："写好了。"人瑞挣扎着坐起。只见口边那条涎水，由袖子上滚到烟盘里，跌成几段，原来久已化作一条冰了！老残拍人瑞的时候，翠环却到翠花身边，先向他衣服摸着两只脚，用力往外一扯。翠花惊醒，连喊："谁，谁，谁？"连忙揉揉眼睛，叫道："可冻死我了！"

两人起来，都奔向火盆就暖，哪知火盆无人添炭，只剩一层白灰，几星余火，却还有热气。翠环道："屋里火盆旺着呢，快向屋里烘去罢。"四人遂同到里边屋来。翠花看铺盖，三分俱已摊得齐楚，就去看它县里送来的，却是一床蓝湖绉被，一床红湖绉被，两条大呢褥子，一个枕头。指给老残道："你瞧这铺盖好不好？"老残道："太好了些。"便向人瑞道："信写完了，请你看看。"

人瑞一面烘火，一面取过信来，从头至尾读了一遍，说："很切实的。我想总该灵罢。"老残道："怎样送去呢？"人瑞腰里摸出表来一看，说："四下钟，再等一刻，天亮了，我叫县里差个人去。"老残道："县里人都起身得迟，不如天明后，同店家商议，雇个人去更妥。只是这河难得过去。"人瑞道："河里昨晚就有人跑凌，单身人过河很便当的。”大家烘着火，随便闲话。

两三点钟工夫，极容易过，不知不觉，东方已自明了。人瑞喊起黄升，叫他向店家商议，雇个人到省城送信，说：“不过四十里地，如晌午以前送到，下午取得收条来，我赏银十两。”停了一刻，只见店伙同了一个人来说：“这是我兄弟，如大老爷送信，他可以去。他送过几回信，颇在行，到衙门里也敢进去，请大老爷放心。”当时人瑞就把上抚台的禀交给他，自收拾投递去了。

这里人瑞道：“我们这时该睡了。”黄、铁睡在两边，二翠睡在当中，不多一刻都已齁齁睡着。一觉醒来，已是午牌时候。翠花家伙计早已在前面等候，接了她姊妹两个回去，将铺盖卷了，一并揹着就走。人瑞道：“傍晚就送他们姐儿俩来，我们这儿不派人去叫了。”伙计答应着“是”，便同两人前去。翠环回过头来眼泪汪汪的道：“您别忘了阿！”人瑞、老残俱笑着点点头。

二人洗脸。歇了片刻就吃午饭。饭毕，已两下多钟，人瑞自进县署去了，说：“倘有回信，喊我一声。”老残说：“知道，你请罢。”

人瑞去后，不到一个时辰，只见店家领那送信的人，一头大汗，走进店来，怀里取出一个马封，紫花大印，拆开，里面回信两封：一封是庄宫保亲笔，字比核桃还大；一封是内文案上袁希明的信，言：“白太尊现署泰安，即派人去代理，大约五七天可到。”并云：“宫保深盼阁下少候两日，等白太尊到，商酌一切”云云。老残看了，对送信人说：“你歇着罢，晚上来领赏。喊黄二爷来。”店家说：“同黄大老爷进衙门去了。”老残想：“这信交谁送去呢？不如亲身去走一遭罢。”就告店家，锁了门，竟自投县衙门来。

进了大门，见出出进进人役甚多，知有堂事。进了仪门，果见大堂上阴气森森，许多差役两旁立着。凝了一凝神，想道：“我何妨上去看看，什么案情？”立在差役身后，却看不见。

只听堂上嚷道：“贾魏氏，你要明白！你自己的死罪已定，自是无可挽回，你却极力开脱你那父亲，说他并不知情，这是你的一片孝心，本县也没有个不成全你的。但是你不招出你的奸夫来，你父亲的命就保全不住了。你想，你那奸夫出的主意，把你害得这样苦法，他到躲得远远的。连饭都不替你送一碗，这人的情义也就很薄的了，你却抵死不肯招出他来，反令生身老父，替他担着死罪。圣人云：‘人尽夫也，父一而已’①。原配丈夫，为了父亲尚且顾不得他，何况一个相好的男人呢！我劝你招了的好。”只听底下只是嘤嘤啜泣。又听堂上喝道：“你还不招吗？不招我又要动刑了！”

又听底下一丝半气的说了几句，听不出什么话来。只听堂上嚷道：“他说什么？”听一个书吏上去回道：“贾魏氏说，是她自

---

① “人尽夫也，父一而已”——出自《左传》。郑国的国君命令雍纠去谋杀他的岳父祭仲，雍纠的妻子知道了，就问她的母亲：父亲重要还是丈夫重要？她母亲说：男人都可以做女人的丈夫，父亲却只有一个。于是她就向父亲告了密，结果雍纠反被祭仲杀了。下文“原配丈夫，为了父亲尚且顾不得他，”就是据这个故事说的。



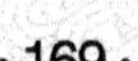

己的事，大老爷怎样吩咐，她怎样招；叫她捏造一个奸夫出来，实实无从捏造。”

又听堂上把惊堂一拍，骂道：“这个淫妇，真正刁狡！拶起来！”堂下无限的人大叫了一声“嗄”，只听跑上几个人去，把拶子往地下一摔，“霍绰”的一声，惊心动魄。

老残听到这里，怒气上冲，也不管公堂重地，把站堂的差人用手分开，大叫一声：“站开！让我过去！”差人一闪。老残走到中间，只见一个差人一手提着贾魏氏头发，将头提起，两个差人正抓她手在上拶子。老残走上，将差人一扯，说道：“住手！”便大摇大摆走上暖阁①，见公案上坐着两人，下首是王子谨，上首心知就是这刚弼了，先向刚弼打了一躬。

子谨见是老残，慌忙立起。刚弼却不认得，并不起身，喝道：“你是何人？敢来搅乱公堂！拉他下去！”未知老残被拉下去，后事如何，且听下回分解。

---

① 暖阁——古时官署大堂上设公座的阁子。为一左右斜向前包的屏障，下有底座。高于地面。公案即安设在底座上。

# 第 十 七 回

## 铁炮一声公堂解索　瑶琴三叠旅舍衔环

话说老残看贾魏氏正要上刑，急忙抢上堂去，喊了“住手”。刚弼却不认得老残为何许人，又看他青衣小帽，就喝令差人拉他下去。谁知差人见本县大老爷早经站起，知道此人必有来历，虽然答应了一声“嗄”，却没一个人敢走上来。

老残看刚弼怒容满面，连声吆喝，却有意呕着他顽，便轻轻的说道：“你先莫问我是什么人，且让我说两句话。如果说的不对，堂下有的是刑具，你就打我几板子，夹我一两夹棍，也不要紧。我且问你：一个垂死的老翁，一个深闺的女子，案情我却不管，你上他这手铐脚镣是什么意思？难道怕他越狱走了吗？这是制强盗的刑具，你就随便施于良民，天理何存？良心安在？”

王子谨想不到抚台回信已来，恐怕老残与刚弼堂上较量起来，更下不去，连忙喊道：“补翁先生，请厅房里去坐，此地公堂，不便说话。”刚弼气得目瞪口呆，又见子谨称他补翁，恐怕有点来历，也不敢过于抢白。老残知子谨为难，遂走过西边来，对着子谨也打了一躬。子谨慌忙还揖，口称：“后面厅房里坐。”老残说道：“不忙。”却从袖子里取出庄宫保的那个覆书来，双手递给子谨。

子谨见有紫花大印，不觉喜逐颜开，双手接过，拆开一看，便高声读道："示悉。白守耆札到便来，请即传谕王、刚二令，不得滥刑。魏谦父女取保回家，候白守覆讯。弟耀顿首。"一面递给刚弼去看，一面大声喊道："奉抚台传谕，叫把魏谦父女刑具全行松放，取保回家，候白大人来再审！"底下听了，答应一声"嗄"，又大喊道："当堂松刑罗！当堂松刑罗！"却早七手八脚，把他父女手铐脚镣，项上的铁链子，一松一个干净，教他上来磕头，替他喊道："谢抚台大人恩典！谢刚大老爷、王大老爷恩典！"那刚弼看信之后，正自敢怒而不敢言；又听到谢刚大老爷、王大老爷恩典，如同刀子戳心一般，早坐不住，退往后堂去了。

子谨仍向老残拱手道："请厅房里去坐。兄弟略为交代此案，就来奉陪。"老残拱一拱手道："请先生治公，弟尚有一事，告退。"遂下堂，仍自大摇大摆的走出衙门去了。这里王子谨吩咐了书吏，叫魏谦父女赶紧取保，今晚便要叫他们出去才好。书吏一一答应，击鼓退堂。

却说老残回来，一路走着，心里十分高兴，想道："前日闻得玉贤种种酷虐，无法可施；今日又亲目见了一个酷吏，却被一封书便救活了两条性命，比吃了人参果心里还快活！"一路走着，不知不觉已出了城门，便是那黄河的堤埝了。上得堤去，看天色欲暮，那黄河已冻得同大路一般，小车子已不断的来往行走，心

里想来："行李既已烧去，更无累赘，明日便可单身回省，好去置办行李。"转又念道："袁希明来信，叫我等白公来，以便商酌，明知白公办理此事，游刃有余；然倘有未能周知之处，岂不是我去了害的事吗？只好耐心等待数日再说。"一面想着，已到店门，顺便踱了回去。看有许多人正在那里刨挖火里的烬余，堆了好大一堆，都是些零绸碎布，也就不去看他。回到上房，独自坐地。

过了两个多钟头，只见人瑞从外面进来，口称："痛快，痛快！"说："那瘟刚退堂之后，随即命家人检点行李回省。子谨知道宫保耳软，恐怕他回省，又出岔子，故极力留他，说：'宫保只有派白太尊覆审的话，并没有叫阁下回省的示谕，此案未了，断不能走。你这样去销差，岂不是同宫保呕气吗？恐不合你主敬存诚的道理。'他想想也只好忍耐着了。子谨本想请你进去吃饭，我说：'不好，倒不如送桌好好的菜去，我替你陪客罢。'我讨了这个差使来的。你看好不好？"老残道："好！你吃白食，我担人情，你倒便宜！我把他辞掉，看你吃什么！"人瑞道："你只要有本事辞，只管辞，我就陪你挨饿。"

说着，门口已有一个戴红缨帽儿的拿了一个全帖，后面跟着一个挑食盒的进来，直走到上房，揭起暖帘进来，对着人瑞望老残说："这位就是铁老爷罢？"人瑞说："不错。"那家人便抢前一步，请了一个安，说："敝上说：小县分没有好菜，送了一桌粗饭，请大老爷包含点。"老残道："这店里饭很便当，不消费上费心，请挑回去，另送别位罢。”家人道：“主人吩咐，总要大老爷赏脸。家人万不敢挑回去，要挨骂的。”

人瑞在桌上拿了一张笺纸，拔开笔帽，对着那家人道：“你叫他们挑到前头灶屋里去。”那家人揭开盒盖，请老爷们过眼。原来是一桌甚丰的鱼翅席。老残道：“便饭就当不起。这酒席太客气，更不敢当了。”人瑞用笔在花笺上已经写完，递与那家人，说：“这是铁老爷的回信，你回去说谢谢就是了。”又叫黄升赏了家人一吊钱，挑盒子的二百钱。家人打了两个千儿。

这里黄升掌上灯来。不消半个时辰，翠花、翠环俱到。她那伙计不等吩咐，已掮两个小行李卷儿进来，送到里房去。人瑞道：“你们铺盖真做得快，半天工夫，就齐了吗？”翠花道：“家里有的是铺盖，对付着就够用了。”

黄升进来问，开饭不开饭。人瑞说：“开罢。”停了一刻，已先将碟子摆好。人瑞道：“今日北风虽然不刮，还是很冷，快温酒来吃两杯。今天十分快乐，我们多喝两杯。”二翠俱拿起弦子来唱两个曲子侑酒。① 人瑞道：“不必唱了，你们也吃两杯酒罢。”翠花看二人非常高兴，便问道：“您能这么高兴，想必抚台那里送信的人回来了吗？”人瑞道：“岂但回信来了，魏家爷儿俩这时候怕都回到了家呢！”便将以上事情，一五一十的告诉了二翠。她姊儿俩个，也自喜欢的了不得，自不消说。

---

① 侑（yòu）酒——指劝人喝酒。

却说翠环听了这话，不住的迷迷价笑，忽然又将柳眉双锁，默默无言。你道什么缘故？她因听见老残一封书去，抚台便这样的信从，若替她办那事，自不费吹灰之力，一定妥当的，所以就迷迷价笑。又想他们的权力，虽然够用，只不知昨晚所说的话，究竟是真是假；倘若随便说说就罢了的呢，这个机会错过，便终身无出头之望，所以双眉又锁起来了。又想到她妈今年年底，一定要转卖她；那蒯二秃子凶恶异常，早迟是个死，不觉脸上就泛了死灰的气色。又想到自己好好一个良家女子，怎样流落得这等下贱形状，倒不如死了的干净，眉宇间又泛出一种英毅的气色来。又想到自己死了，原无不可，只是一个六岁的小兄弟有谁抚养，岂不也是饿死吗？他若饿死，不但父母无人祭供，并祖上的香烟，从此便绝。这么想去，是自己又死不得了。想来想去，活又活不成，死又死不得，不知不觉那泪珠子便扑簌簌的滚将下来，赶紧用手绢子去擦。

翠花看见道："你这妮子！老爷们今天高兴，你又发什么昏？"人瑞看着他，只是憨笑。老残对他点了点头，说："你不用胡思乱想，我们总要替你想法子的。"人瑞道："好，好！有铁老爷一手提拔你，我昨晚说的话，可是不算数的了。"翠环听了大惊，愈觉得他自己虑的是不错。正要向人瑞请问，只见黄升同了一个人进来，朝人瑞打了一千儿，递过一个红纸封套去。人瑞接过来，撑开封套口，朝里一窥，便揣到怀里去，说声"知道了"，更不住的嘻嘻价笑。只见黄升说："请老爷出来说两句话。"人瑞便走出去。

约有半个时辰进来，看着三个人俱默默相对，一言不发，人瑞愈觉高兴。又见那县里的家人进来，向老残打了个千儿，道："敝上说，叫把昨儿个的一卷旧铺盖取回去。"老残一愣，心里想道："这是什么道理呢？你取了去，我睡什么呢？"然而究竟是人家的物件，不便强留，便说："你取了去罢。"心里却是纳闷。看着那家人进房取将去了。只见人瑞道："今儿我们本来很高兴的，被这翠环一个人不痛快，惹的我也不痛快了。酒也不吃了，连碟子都撤下去罢。"又见黄升来，当真把些碟子都撤了下去。

此时不但二翠摸不着头脑，连老残也觉得诧异的很。随即黄升带着翠环家伙计，把翠环的铺盖卷也搬走了。翠环忙问："啥事？啥事？怎么不教我在这里吗？"伙计说："我不知道，光听说叫我取回铺盖卷去。"

翠环此时按捺不住，料到一定凶多吉少，不觉含泪跪到人瑞面前，说："我不好，你是老爷们呢，难道不能包含点吗？你老一不喜欢，我们就活不成了！"人瑞道："我喜欢的很呢。我为啥不喜欢？只是你的事，我却管不着。你慢慢的求铁老爷去。"

翠环又跪向老残面前，说："还是你老救我！"老残道："什么事，我救你呢？"翠环道："取回铺盖，一定是昨儿话走了风声，俺妈知道，今儿不让我在这儿，早晚要逼我回去，明天就远走高飞了。她敢同官斗吗？就只有走是个好法子。"老残道："这话也说的是。人瑞哥，你得想个法子，挽留住她才好。一被她妈接回去，这事就不好下手了。”人瑞道：“那是何消说！自然要挽留她。你不挽留她，谁能挽留她呢？”

老残一面将翠环拉起，一面向人瑞道：“你的话我怎么不懂？难道昨夜说的话，当真不算数了吗？”人瑞道：“我已彻底想过，只有不管的一法。你想拔一个姐儿从良，总也得有个辞头。你也不承认，我也不承认，这话怎样说呢？把她弄出来，又往哪里安置呢？若是在店里，我们两个人都不承认，外人一定说是我弄的，断无疑义。我刚才得了个好点的差使，忌妒的人很多，能不告诉宫保吗？以后我就不用在山东混了，还想什么保举呢？所以是断乎做不得的。”老残一想，话也有理，只是因此就见死不救，于心实也难忍，加着翠环不住的啼哭，实在为难，便向人瑞道：“话虽如此，也得想个万全的法子才好。”人瑞道：“就请你想，如想得出，我一定助力。”

老残想了想，实无法子，便道：“虽无法子，也得大家想想。”人瑞道：“我倒有个法子，你又做不到，所以只好罢休。”老残道：“你说出来，我总可以设法。”人瑞道：“除非你承认了要她，才好措辞。”老残道：“我就承认，也不要紧。”人瑞道：“空口说白话，能行吗？事是我办，我告诉人，说你要，谁信呢？除非你亲笔写封信给我，那我就有法办了。”老残道：“信是不好写的。”人瑞道：“我说你做不到，是不是呢？”

老残正在踌躇，却被二翠一齐上来央告，说：“这也不要紧的事，你老就担承一下子罢。”老残道：“信怎样写？写给谁呢？”

人瑞道："自然写给王子谨。你就说，见一妓女某人，本系良家，甚为可悯，弟拟拔出风尘，纳为簉室①，请兄鼎力维持，身价若干，如数照缴云云。我拿了这信就有办法，将来任凭你送人也罢，择配也罢，你就有了主权，我也不遭声气。不然，哪有办法?"

正说着，只见黄升进来说："翠环姑娘出来，你家里人请你呢。"翠环一听，魂飞天外，一面说就去，一面拼命央告老残写信。翠花就到房里取出纸笔墨砚来，将笔蘸饱，递到老残手里。老残接过笔来，叹口气，向翠环道："冤不冤？为你的事，要我亲笔画供呢!"翠环道："我替你老磕一千个头！你老就为一回难，胜造七级浮图!② 老残已在纸上如说写就，递与人瑞，说："我的职分已尽，再不好好的办，罪就在你了。"人瑞接过信来，递与黄升，说："停一会送到县里去。"

当老残写信的时刻，黄人瑞向翠花耳中说了许多的话。黄升接过信来，向翠环道："你妈等你说话呢，快去罢。"翠环仍泥着不肯去，眼看着人瑞，有求救的意思。人瑞道："你去，不要紧的，诸事有我呢。"翠花立起来，拉了翠环的手，说："环妹，我同你去，你放心罢，你大大的放心罢!"翠环无法，只得说声"告假"，走出去了。

---

① 簉（zào）室——指小妾。簉是副的、附属的意思。

② 七级浮图——七层的宝塔。造塔是为了埋藏佛骨（和尚的骨灰），信佛的人认为是很有功德的事情。也说浮屠。

这里人瑞却躺到烟炕上去烧烟，嘴里七搭八搭的同老残说话。约计有一点钟工夫，人瑞烟也吃足了。只见黄升戴着簇新的大帽子进来，说：“请老爷们那边坐。”人瑞说：“啊！”便站起来拉了老残，说：“那边坐罢。”老残诧异道：“几时有个那边出来？”人瑞说：“这个那边，是今天变出来的。”原来这店里的上房，一排本是两个三间，人瑞住的是西边三间，还有东边的个三间，原有别人住着，今早动身过河去了，所以空下来。

黄、铁二人携手走到东上房前，上了台阶，早有人打起暖帘。只见正中方桌上挂着桌裙，桌上点了一对大红蜡烛，地下铺了一条红毡。走进堂门，见东边一间摆了一张方桌，朝南也系着桌裙，上首平列两张椅子，两旁一边一张椅子，都搭着椅披。桌上却摆了满满一桌的果碟，比方才吃的还要好看些。西边是隔断的一间房，挂了一条红大呢的门帘。

老残诧异道：“这是什么缘故？”只听人瑞高声嚷道：“你们搀新姨奶奶出来，参见他们老爷。”只见门帘揭处，一个老妈子在左，翠花在右，搀着一个美人出来，满头戴着都是花，穿着一件红青外褂，葵绿袄子，系一条粉红裙子，却低着头走到红毡子前。

老残仔细一看，原来就是翠环，大叫道：“这是怎么说？断乎不可！”人瑞道：“你亲笔字据都写了，还狡狯什么？”不由分说，拉老残往椅子上去坐，老残哪里肯坐。这里翠环早已磕下头去了。老残没法，也只好回了半礼。又见老妈子说：“黄大老爷请坐。谢大媒。”翠环却又磕下头去。人瑞道：“不敢当，不敢当！”也还了一礼。当将新人送进房内。翠花随即出来磕头道喜。老妈子等人也都道完了喜。人瑞拉老残到房里去。原来房内新铺盖已陈设停妥，是红绿湖绉被各一床，红绿大呢褥子各一条，枕头两个。炕前挂了一个红紫鲁山绸的幔子。桌子铺了红桌毡，也是一对红蜡烛。墙上却挂了一副大红对联，上写着：

**愿天下有情人，都成了眷属；**

**是前生注定事，莫错过姻缘。**

老残却认得是黄人瑞的笔迹，墨痕还没有甚干呢，因笑向人瑞道：“你真会淘气！这是西湖上月老祠的对联，被你偷得来的。”人瑞道：“对题便是好文章。你敢说不切当吗？”

人瑞却从怀中把刚才县里送来的红封套递给老残，说：“你瞧，这是贵如夫人原来的卖身契一纸，这是新写的身契一纸，总共奉上。你看愚弟办事周到不周到？”老残说：“既已如此，感激的很。你又何苦把我套在圈子里做什么呢？”人瑞道：“我不对你说‘是前生注定事，莫错过姻缘’吗？我为翠环计，救人须救彻，非如此，总不十分妥当；为你计，亦不吃亏。天下事就该这么做法，是不错的。”说过，呵呵大笑。又说：“不用费话罢，我们肚子饿的了不得，要吃饭了。”人瑞拉着老残，翠花拉着翠环，要他们两个上坐。老残决意不肯，仍是去了桌裙，四方两对面坐的。这一席酒，不消说，各人有各人快乐处，自然是尽欢而散。以后无非是送房睡觉，无庸赘述。

却说老残被人瑞逼成好事，心里有点不痛快，想要报复；又看翠花昨日自己冻着，却拿狼皮褥子替人瑞盖腿，为翠环事，他又出了许多心，冷眼看去，也是个有良心的，须得把他也拔出来才好，且等将来再作道理。

次日，人瑞跑来，笑向翠环道："昨儿炕犄角睡得安稳罢?"翠环道："都是黄老爷大德成全，慢慢供您的长生禄位牌①。"人瑞道："岂敢，岂敢!"说着，便向老残道："昨日三百银子是子谨垫出来的，今日我进署替你还账去。这衣服衾枕是子谨送的，你也不用客气了。想来送钱，他也是不肯收的。"老残道："这从那里说起！叫人家花这许多钱，也只好你先替我道谢，再图补报罢。"说着，人瑞自去县里。

老残因翠环的名字太俗，且也不便再叫了，遂替她颠倒一下，换做"环翠"，却算了一个别号，便雅得多呢。午后命人把她兄弟找得来，看他身上衣服过于褴褛，给了他几两银子，仍叫李五领去买几件衣服给他穿。

光阴迅速，不知不觉，已经五天过去。那日，人瑞已进县署里去，老残正在客店里教环翠认字，忽听店中伙计报道："县里王大老爷来了!"霎时，子谨轿子已到阶前下轿，老残迎出堂屋门口。子谨入来，分宾主坐下，说道："白太尊立刻就到，兄弟是来接差的，顺便来此与老哥道喜，并闲谈一刻。"老残说："前

---

① 长生禄位牌——古代一种迷信的报恩方式：牌位上写恩人姓名，烧香供奉，祈祷神佛保佑恩人福寿双全，富贵荣华。

日种种承情，已托人瑞兄代达谢忱。因刚君在署，不便亲到拜谢，想能曲谅。”子谨谦逊道：“岂敢。”随命新人出来拜见了。子谨又送了几件首饰，作拜见之礼。忽见外面差人飞奔也似的跑来报：“白大人已到，对岸下轿，从冰上走过来了。”子谨慌忙上轿去接。未知后事如何，且听下回分解。

# 第 十 八 回

## 白太守谈笑释奇冤　铁先生风霜访大案

话说王子谨慌忙接到河边，其时白太尊已经由冰上走过来了。子谨递上手版①，赶到面前请了个安，道声“大人辛苦”。白公回了个安，说道：“何必还要接出来？兄弟自然要到贵衙门请安去的。”子谨连称“不敢”。

河边搭着茶棚，挂着彩绸。当时让到茶棚小坐。白公问道：“铁君走了没有？”子谨回道：“尚未。因等大人来到，恐有话说。卑职适才在铁公处来。”白公点点头道：“甚善。我此刻不便去拜，恐惹刚君疑心。”吃了一口茶，县里预备的轿子，执事早已齐备，白公便坐了轿子，到县署去。少不得升旗放炮，奏乐开门等事。进得署去，让在西花厅住。

刚弼早穿好了衣帽，等白公进来，就上手本请见。见面之后，白公就将魏贾一案，如何问法，详细问了一遍。刚弼一一诉说，颇有得意之色，说到“宫保来函，不知听信何人的乱话，此案情形，据卑职看来，已成铁案，决无疑义。但此魏老颇有钱

① 手版——古时大臣在朝廷上相见时手中所拿的狭长板子，用玉、象牙或竹制成，上面可以记事。

文，送卑职一千银子，卑职未收，所以买出人来到宫保处搅乱黑白。听说有个什么卖药的郎中，得了他许多银子，送信给宫保的。这个郎中因得了银子，当时就买了个妓女，还在城外住着。听说这个案子如果当真翻过来，还要谢他几千银子呢，所以这郎中不走，专等谢仪。似乎此人也该提了来讯一堂。讯出此人赃证，又多添一层凭据了。”白公说：“老哥所见甚是。但是兄弟今晚须将全案看过一遍，明日先把案内人证提来，再作道理。或者竟照老哥的断法，也未可知，此刻不敢先有成见。像老哥聪明正直，凡事先有成竹在胸，自然投无不利。兄弟资质甚鲁，只好就事论事，细意推求，不敢说无过，但能寡过，已经是万幸了。”说罢，又说了些省中的风景闲话。

吃过晚饭，白公回到自己房中，将全案细细看过两遍，传出一张单子去，明日提人。第二天巳牌时分，门口报称：“人已提得齐备。请大人示下：是今天下午后坐堂，还是明天早起?”白公道：“人证已齐，就此刻坐大堂。堂上设三个座位就是了。”刚、王二君连忙上去请了个安，说：“请大人自便，卑职等不敢陪审，恐有不妥之处，理应回避。”白公道：“说哪里的话。兄弟鲁钝，精神照应不到，正望两兄提撕。”二人也不敢过谦。

停刻，堂事已齐，稿签门上求请升堂。三人皆衣冠而出，坐了大堂。白公举了红笔，第一名先传原告贾幹①。差人将贾幹带到，当堂跪下。白公问道：“你叫贾幹?”底下答着：“是。”白公

---

① 幹（gàn）——同“干”。

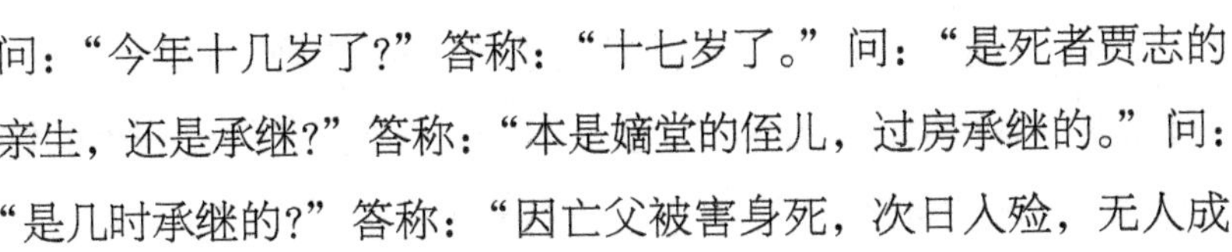

问："今年十几岁了？"答称："十七岁了。"问："是死者贾志的亲生，还是承继？"答称："本是嫡堂的侄儿，过房承继的。"问："是几时承继的？"答称："因亡父被害身死，次日入殓，无人成服，由族中公议入继成服的。"

白公又问："县官相验的时候，你已经过来了没有？"答："已经过来了。"问："入殓的时候，你亲视含殓了没有？"答称："亲视含殓的。"问："死人临入殓时，脸上是什么颜色？"答称："白支支的，同死人一样。"问："有青紫斑没有？"答："没有看见。"问："骨节僵硬不僵硬？"答称："并不僵硬。"问："既不僵硬，曾摸胸口有无热气？"答："有人摸的，说没有热气了。"问："月饼里有砒霜，是几时知道的？"答："是入殓第二天知道的。"问："是谁看出来的？"答："是姐姐看出来的。"问："你姐姐何以知道里头有砒霜？"答："本不知道里头有砒霜，因疑心月饼里有毛病，所以揭开来细看，见有粉红点点子，就托出问人。有人说是砒霜，就找药店人来细瞧，也说是砒霜，所以知道是中了砒毒了。"

白公说："知道了。下去！"又用朱笔一点，说："传四美斋来。"差人带上。白公问道："你叫什么？你是四美斋的什么人？"答称："小人叫王辅庭，在四美斋掌柜。"问："魏家定做月饼，共做了多少斤？"答："做了二十斤。"问："馅子是魏家送来的吗？"答称："是。"问："做二十斤，就将将的不多不少吗？"说："定的是二十斤，做成了八十三个。"问："他定做的月饼，是一种馅子？是两种馅子？"答："一种，都是冰糖芝麻核桃仁的。”问：“你们店里卖的是几种馅子？”答：“好几种呢。”问：“有冰糖芝麻核桃仁的没有？”答：“也有。”问：“你们店里的馅子比他家的馅子那个好点？”答：“是他家的好点。”问：“好处在什么地方？”答：“小人也不知道。听做月饼的司务说，他家的材料好，味道比我们的又香又甜。”白公说：“然则你店里司务先尝过的，不觉得有毒吗？”回称：“不觉得。”

白公说：“知道了。下去！”又将朱笔一点，说：“带魏谦。”魏谦走上来，连连磕头说：“大人哪！冤枉哟！”白公说：“我不问你冤枉不冤枉！你听我问你的话！我不问你的话，不许你说！”两旁衙役便大声“嗄”的一声。

看官，你道这是什么缘故？凡官府坐堂，这些衙役就要大呼小叫的，名叫“喊堂威”，把那犯人吓昏了，就可以胡乱认供了，不知道是哪一朝代传下来的规矩，却是十八省都是一个传授。今日魏谦是被告正凶，所以要喊个堂威，吓唬吓唬他。

闲话休题，却说白公问魏谦道：“你定做了多少个月饼？”答称：“二十斤。”问：“你送了贾家多少斤？”答：“八斤。”问：“还送了别人家没有？”答：“送了小儿子的丈人家四斤。”问：“其余的八斤呢？”答：“自己家里人吃了。”问：“吃过月饼的人有在这里的没有？”答：“家里人人都分的，现在同了来的人，没有一个不是吃月饼的。”白公向差人说：“查一查，有几个人跟魏谦来的，都传上堂来。”

一时跪上一个有年纪的，两个中年汉子，都跪下。差人回禀道：“这是魏家的一个管事，两个长工。”白公问道：“你们都吃

月饼么?”同声答道：“都吃的。”问：“每人吃了几个，都说出来。”管事的说：“分了四个，吃了两个，还剩两个。”长工说：“每人分了两个，当天都吃完了。”白公问管事的道：“还剩的两个月饼，是几时又吃的?”答称：“还没有吃，就出了这件案子，说是月饼有毒，所以就没敢再吃，留着做个见证。”白公说：“好，带来了没有?”答：“带来，在底下呢。”白公说：“很好。”叫差人同他取来。又说：“魏谦同长工全下去罢。”又问书吏：“前日有砒的半个月饼呈案了没有?”书吏回：“呈案在库。”白公说：“提出来。”

霎时差人带着管事的，并那两个月饼，都呈上堂来，存库的半个月饼也提到。白公传四美斋王辅庭，一面将这两种月饼详细对校了，送刚、王二公看，说：“这两起月饼，皮色确是一样，二公以为何如?”二公皆连忙欠身答应着：“是。”其时四美斋王辅庭已带上堂，白公将月饼擘开一个交下，叫他验看，问：“是魏家叫你定做的不是?”王辅庭仔细看了看，回说：“一点不错，就是我家定做的。”白公说：“王辅庭叫他具结回去罢。”

白公在堂上把那半个破碎月饼，仔细看了，对刚弼道：“圣慕兄，请仔细看看。这月饼馅子是冰糖芝麻核桃仁做的，都是含油性的物件，若是砒霜做在馅子里的，自然同别物粘合一气。你看这砒显系后加入的，与别物绝不粘合。况四美斋供明，只有一种馅子。今日将此两种馅子细看，除加砒外，确系表里皆同。既是一样馅子，别人吃了不死，则贾家之死，不由月饼可知。若是有汤水之物，还可将毒药后加入内；月饼之为物，面皮干硬，断无加入之理。二公以为何如?”俱欠身道:“是。”

白公又道:“月饼中既无毒药,则魏家父女即为无罪之人,可以令其具结了案。”王子谨即应了一声:“是。”刚弼心中甚为难过,却也说不出什么来,只好随着也答应了一声“是”。

白公即吩咐带上魏谦来,说:“本府已审明月饼中实无毒药,你们父女无罪,可以具结了案,回家去罢。”魏谦磕了几个头去了。

白公又叫带贾幹上来。贾幹本是个无用的人,不过他姊姊支使他出面,今日看魏家父女已结案释放,心里就有点七上八下;听说传他去,不但以前人教导他说的话都说不上,就是教他的人,也不知此刻从那里教起了。

贾幹上得堂来,白公道:“贾幹,你既是承继了你亡父为子,就该细心研究,这十三个人怎样死的;自己没有法子,也该请教别人;为甚的把月饼里加进砒霜去,陷害好人呢?必有坏人挑唆你。从实招来,是谁教你诬告的。你不知道律例上有反坐的一条吗?”贾幹慌忙磕头,吓的只格格价抖。带哭说道:“我不知道!都是我姐姐叫我做的!饼里的砒霜,也是我姐姐看出来告诉我的,其余概不知道。”白公说:“依你这么说起来,非传你姐姐到堂,这砒霜的案子是究不出来的了?”贾幹只是磕头。

白公大笑道:“你幸儿遇见的是我,倘若是个精明强干的委员,这月饼案子才了,砒霜案子又该闹得天翻地覆了。我却不喜欢轻易提人家妇女上堂,你回去告诉你姐姐,说本府说的,这砒霜一定是后加进去的。是谁加进去的,我暂时尚不忙着追究呢,因为你家这十三条命，是个大大的疑案，必须查个水落石出。因此，加砒一事倒只好暂行缓究了。你的意下何如？”贾斡连连磕头道：“听凭大人天断。”白公道：“既是如此，叫他具结，听凭替他查案。”临下去时，又喝道：“你再胡闹，我就要追究你们加砒诬控的案子了！”贾斡连说：“不敢，不敢！”下堂去了。

这里白公对王子谨道：“贵县差人有精细点的吗？”子谨答应：“有个许亮还好。”白公说：“传上来。”只见下面走上一个差人，四十多岁，尚未留须，走到公案前跪下，道：“差人许亮叩头。”白公道：“差你往齐东村明查暗访这十三条命案是否服毒？有什么别样案情？限一个月报命，不许你用一点官差的力量。你若借此招摇撞骗，可要置你于死的！”许亮叩头道：“不敢。”

当时王子谨即标了牌票①，交给许亮。白公又道：“所有以前一切人证，无庸取保，全行释放。”随手翻案，检出魏谦笔据两纸，说：“再传魏谦上来。”

白公道：“魏谦，你管事的送来的银票，你要不要？”魏谦道：“职员沉冤，蒙大人昭雪，所有银子，听凭大人发落。”白公道：“这五千五百凭据还你。这一千银票，本府却要借用，却不是我用，暂且存库，仍为查贾家这案，不得不先用资斧②。俟案子查明，本府回明了抚台，仍旧还你。”魏谦连说：“情愿，情愿。”当将笔据收好，下堂去了。

---

① 标了牌票——“牌票”是旧时差役执行公务的凭证，多印成固定格式。“标”是在这上面填写指令的人役姓名、任务、期限等。

② 资斧——路费的意思。

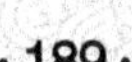

白公将这一千银票交给书吏，到该钱庄将银子取来，凭本府公文支付。回头笑向刚弼道：“圣慕兄，不免笑兄弟当堂受贿罢?”刚弼连称：“不敢。”于是击鼓退堂。

却说这起大案，齐河县人人俱知，昨日白太尊到，今日传人，那贾、魏两家都预备至少住十天半个月，哪知道未及一个时辰，已经结案，沿路口碑啧啧称赞。

却说白公退至花厅，跨进门槛，只听当中放的一架大自鸣钟，正铛铛的敲了十二下，仿佛像迎接他似的。王子谨跟了进来，说：“请大人宽衣用饭罢。”白公道：“不忙。”看着刚弼也跟随进来，便道：“二位且请坐一会，兄弟还有话说。”二人坐下。白公向刚弼道：“这案兄弟断得有理没理?”刚弼道：“大人明断，自是不会错的。只是卑职总不明白：这魏家既无短处，为什么肯花钱呢？卑职一生就没有送过人一个钱。”

白公呵呵大笑道：“老哥没有送过人的钱，何以上台也会器重你？可见天下人不全是见钱眼开的哟。清廉人原是最令人佩服的。只有一个脾气不好，他总觉得天下人都是小人，只他一个人是君子。这个念头最害事的，把天下大事不知害了多少！老兄也犯这个毛病，莫怪兄弟直言。至于魏家花钱，是他乡下人没见识处，不足为怪也。”又向子谨道：“此刻正案已完，可以差个人拿我们两个名片，请铁公进来坐坐罢。”又笑向刚弼道：“此人圣慕兄不知道吗？就是你才说的那个卖药郎中。姓铁，名英，号补残，是个肝胆男子，学问极其渊博，性情又极其平易，从不肯轻慢人的。老哥连他都当做小人，所以我说未免过分了。”

刚弼道："莫非就是省中传的'老残老残'，就是他吗?"白公道："可不是呢!"刚弼道："听人传说，宫保要他搬进衙门去住，替他捐官，保举他，他不要，半夜里逃走了的，就是他吗?"白公道："岂敢。阁下还要提他来讯一堂呢。"刚弼红胀了脸道："那真是卑职的鲁莽了。此人久闻其名，只是没有见过。"子谨又起身道："大人请更衣罢。"白公道："大家换了衣服，好开怀畅饮。"

王、刚二公退回本屋，换了衣服，仍到花厅。恰好老残也到，先替子谨作了一个揖，然后替白公、刚弼各人作了一揖，让到炕上上首坐下。白公作陪。老残道："如此大案，半个时辰了结，子寿先生，何其神速!"白公道："岂敢!前半截的容易差使，我已做过了；后半截的难题目，可要着落在补残先生身上了。"老残道："这话从那里说起!我又不是大人老爷，我又不是小的衙役，关我甚事呢?"白公道："然则宫保的信是谁写的?"老残道："我写的。应该见死不救吗?"白公道："是了。未死的应该救，已死的不应该昭雪吗?你想，这种奇案，岂是寻常差人能办的事?不得已，才请教你这个福尔摩斯呢。"老残笑道："我没有这么大的能耐。你要我去也不难，请王大老爷先补了我的快班头儿，再标一张牌票，我就去。"

说着，饭已摆好。王子谨道："请用饭罢。"白公道："黄人瑞不也在这里么?为甚不请过来?"子谨道："已请去了。"话言未了，人瑞已到，作了一遍揖。子谨提了酒壶，正在为难。白公道："自然补公首坐。"老残道："我断不能占。"让了一回，仍是老残坐了首座，白公二座。吃了一回酒，行了一回令，白公又把虽然差了许亮去，是个面子，务请老残辛苦一趟的话，再三敦嘱。子谨、人瑞又从旁怂恿，老残只好答应。

白公又说：“现有魏家的一千银子，你先取去应用。如其不足，子谨兄可代为筹划，不必惜费，总要破案为第一要义。”老残道：“银子可以不必，我省城里四百银子已经取来，正要还子谨兄呢，不如先垫着用。如果案子查得出呢，再向老庄讨还；如查不出，我自远走高飞，不在此地献丑了。”白公道：“那也使得。只是要用便来取，切不可顾小节误大事为要。”老残答应：“是了。”霎时饭罢，白公立即过河，回省销差。次日，黄人瑞、刚弼也俱回省去了。未知后事如何，且听下回分解。



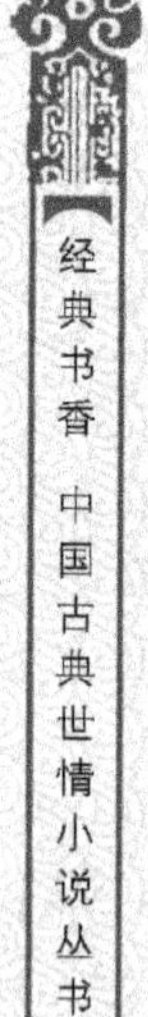

# 第 十 九 回

## 齐东村重摇铁串铃　济南府巧设金钱套

却说老残当日受了白公之托，下午回寓，盘算如何办法。店家来报：“县里有个差人许亮求见。”老残说：“叫他进来。”许亮进来，打了个千儿，上前回道：“请大老爷的示：还是许亮在这里伺候老爷的吩咐，还是先差许亮到那里去？县里一千银子已拨出来了，也得请示：还是送到此地来，还是存在庄上听用？”老残道：“银子还用不着，存在庄上罢。但是这个案子真不好办：服毒一定是不错的，只不是寻常毒药；骨节不硬，颜色不变，这两节最关紧要。我恐怕是西洋什么药，怕是‘印度草’① 等类的东西。我明日先到省城里去，有个中西大药房，我去调查一次。你却先到齐东村去，暗地里一查，有同洋人来往的人没有。能查出这个毒药来历，就有意思了。只是我到何处同你会面呢？”许亮道：“小的有个兄弟叫许明，现在带来，就叫他伺候老爷。有什么事，他人头儿也很熟，吩咐了，就好办的了。”老残点头说：“甚好。”

许亮朝外招手，走进一个三十多岁的人来，抢前打了一个千

① 印度草——即印度大麻，一种有毒的植物，可以与糖合用做成甜食或饮料，也可以当作麻醉品吸食，其危害性略同于鸦片。

儿。许亮说："这是小的兄弟许明。"就对许明道："你不用走了，就在这里伺候铁大老爷罢。"许亮又说："求见姨太太。"老残揭帘一看，环翠正靠着窗坐着，即叫二人见了，各人请了一安，环翠回了两拂①。许亮即带了许明，回家搬行李去了。

待到上灯时候，人瑞也回来了，说："我前两天本要走的，因这案子不放心，又被子谨死命的扣住。今日大案已了，我明日一早进省销差去了。"老残道："我也要进省去呢。一则要往中西大药房等处去调查毒药；二则也要把这个累赘安插一个地方，我脱开身子，好办事。"人瑞道："我公馆里房子甚宽绰，你不如暂且同我住。如嫌不好，再慢慢的找房，如何呢?"老残道："那就好得很了。"伺候环翠的老妈子不肯跟进省，许明说："小的女人可以送姨太太进省，等到雇着老妈子再回来。"一一安排妥帖。环翠少不得将她兄弟叫来，付了几两银子，姊弟对哭了一番。车子等类自有许明照料。

次日一早，大家一齐动身。走到黄河边上，老残同人瑞均不敢坐车，下车来预备步行过河。哪知河边上早有一辆车子等着，看见他们来了，车中跳下一个女人，拉住环翠，放声大哭。

你道是谁?原来人瑞因今日起早动身，故不曾叫得翠花，所有开销叫黄升送去。翠花又怕客店里有官府来送行，晚上亦不敢来，一夜没睡，黎明即雇了挂车子在黄河边伺候，也是十里长亭送别的意思。哭了一会，老残同人瑞均安慰了她几句，踏冰过河

---

① 拂——即"福"。因为妇女行礼时，两手的动作好像拂拭的动作。所以也叫"拂"。

去了。

过河到省，不过四十里地，一下钟后，已到了黄人瑞东箭道的公馆面前，下车进去。黄人瑞少不得尽他主人家的义务，不必赘述。

老残饭后一面差许明去替他购办行李，一面自己却到中西大药房里，找着一个掌柜的，细细的考较了一番。原来这药房里只是上海贩来的各种瓶子里的熟药，却没有生药。再问他些化学名目，他连懂也不懂，知道断不是此地去的了。

心中纳闷，顺路去看看姚云松。恰好姚公在家，留着吃了晚饭。

姚公说："齐河县的事，昨晚白子寿到，已见了宫保，将以上情形都说明白，并说托你去办，宫保喜欢的了不得，却不晓得你进省来。明天你见宫保不见？"老残道："我不去见，我还有事呢。"就问曹州的信："你怎样对宫保说的？"姚公道："我把原信呈宫保看的。宫保看了，难受了好几天，说今以后，再不明保他了。"老残道："何不撤他回省来？"云松笑道："你究竟是方外人。岂有个才明保了的就撤省的道理呢？天下督抚谁不护短！这宫保已经是难得的了。"老残点点头。又谈了许久，老残始回。

次日，又到天主堂去拜访了那个神甫①，名叫克扯斯。原来这个神甫，既通西医，又通化学。老残得意已极，就把这个案子

① 神甫——神父的别称。

前后情形告诉了克扯斯，并问他是吃的什么药。克扯斯想了半天想不出来，又查了一会书，还是没有同这个情形相对的，说：“再替你访问别人罢。我的学问尽于此矣。”

老残听了，又大失所望。在省中已无可为，即收拾行装，带着许明，赴齐河县去。因想到齐东村怎样访查呢？赶忙仍旧制了一个串铃，买了一个旧药箱，配好了许多药材。却叫许明不须同往，都到村相遇，作为不识的样子。许明去了。却在齐河县雇了一个小车，讲明包月，每天三钱银子；又怕车夫漏泄机关，连这个车夫都瞒却，便道：“我要行医，这县城里已经没什么生意了，左近有什么大村镇么？”车夫说：“这东北上四十五里有大村镇，叫齐东村，热闹着呢，每月三八大集，几十里的人都去赶集。你老去那里找点生意罢。”老残说：“很好。”第二天，便把行李放在小车上，自己半走半坐的，早到了齐东村。原来这村中一条东西大街，甚为热闹；往南往北，皆有小街。

老残走了一个来回，见大街两头都有客店；东边有一家店，叫三合兴，看去尚觉干净，就去赁了一间西厢房住下。房内是一个大炕，叫车夫睡一头，他自己睡一头。次日睡到巳初，方才起来，吃了早饭，摇个串铃上街去了，大街小巷乱走一气。未刻时候，走到大街北一条小街上，有个很大的门楼子，心里想着：“这总是个大家。”就立住了脚，拿着串铃尽摇。只见里面出来一个黑胡子老头儿，问道：“你这先生会治伤科么？”老残说：“懂得点子。”那老头儿进去了，出来说：“请里面坐。”进了大门，就是二门，再进就是大厅。行到耳房里，见一老者坐在炕沿上，

见了老残，立起来，说："先生，请坐。"

老残认得就是魏谦，却故意问道："你老贵姓?"魏谦道："姓魏。先生，你贵姓?"老残道："姓金。"魏谦道："我有个小女，四肢骨节疼痛，有什么药可以治得?"老残道："不看症，怎样发药呢?"魏谦道："说的是。"便叫人到后面知会。

少停，里面说："请。"魏谦就同了老残到厅房后面东厢房里。这厢房是三间，两明一暗。行到里间，只见一个三十余岁妇人，形容憔悴，倚着个炕几子，盘腿坐在炕上，要勉强下炕，又有力不能支的样子。老残连喊道："不要动，好把脉。"魏老儿却让老残上首坐了，自己却坐在凳子上陪着。

老残把两手脉诊过，说："姑奶奶的病是停了瘀血。请看看两手。"魏氏将手伸在炕几上，老残一看，节节青紫，不免肚里叹了一口气，说："老先生，学生有句放肆的话不敢说。"魏老道："但说不妨。"老残道："你别打嘴。这样像是受了官刑的病，若不早治，要成残废的。"魏老叹口气道："可不是呢。请先生照症施治，如果好了，自当重谢。"老残开了一个药方子去了，说："倘若见效，我住三合兴店里，可以来叫我。"

从此每天来往，三四天后，人也熟了，魏老留在前厅吃酒。老残便问："府上这种大户人家，怎会受官刑的呢?"魏老道："金先生，你们外路人，不知道。我这女儿许配贾家大儿子，谁知去年我这女婿死了。他有个姑子贾大妮子，同西村吴二浪子眉来眼去，早有了意思。当年说亲，是我这不懂事的女儿打破了的，谁知贾大妮子就恨我女儿入了骨髓。今年春天，贾大妮子在她姑妈家里，就同吴二浪子勾搭上了，不晓得用什么药，把贾家全家药死，却反到县里告了我的女儿谋害的。又遇见了千刀剐、万刀剁的个姓刚的，一口咬定了，说是我家送的月饼里有砒霜，可怜我这女儿不晓得死过几回了。听说凌迟案子已经定了，好天爷有眼，抚台派了个亲戚来私访，就住在南关店里，访出我家冤枉，报了抚台。抚台立刻下了公文，叫当堂松了我们父女的刑具。没到十天，抚台又派了个白大人来。真是青天大人！一个时辰就把我家的冤枉全洗刷净了！听说又派了什么人来这里访查这案子呢。吴二浪子那个王八羔子，我们在牢里的时候，他同贾大妮子天天在一块儿。听说这案翻了，他就逃走了。”

老残道：“你们受这么大的屈，为什么不告他呢?”魏老儿说：“官司是好打的吗？我告了他，他问凭据呢？‘拿奸拿双’；拿不住双，反咬一口，就受不得了。天爷有眼，总有一天报应的!”

老残问：“这毒药究竟是什么？你老听人说了没有?”魏老道：“谁知道呢!”因为我们家有个老妈子，她的男人叫王二，是个挑水的。那一天，贾家死人的日子，王二正在贾家挑水，看见吴二浪子到他家里去说闲话，贾家正煮面吃，王二看见吴二浪子用个小瓶往面锅里一倒就跑了。王二心里有点疑惑，后来贾家厨房里让他吃面，他就没敢吃。不到两个时辰，就吵嚷起来了。王二到底没敢告诉一个人，只他老婆知道，告诉了我女儿。及至我把王二叫来，王二又一口咬定，说‘不知道。’再问他老婆，他老婆也不敢说了。听说老婆回去被王二结结实

实的打了一顿。你老想，这事还敢告到官吗？”老残随着叹息了一番。当时出了魏家，找着了许亮，告知魏家所闻，叫他先把王二招呼了来。

次日，许亮同王二来了。老残给了他二十两银子安家费，告诉他跟着做见证：“一切吃用都是我们供给，事完，还给你一百银子。”王二初还极力抵赖，看见桌上放着二十两银子，有点相信是真，便说道：“事完，你不给我一百银子，我敢怎样？”老残说：“不妨。就把一百银子交给你，存个妥当铺子里，写个笔据给我，说：‘吴某倒药水确系我亲见的，情愿作个干证。事毕，某字号存酬劳银一百两，即归我支用。两相情愿，决无虚假。’好不好呢？”

王二尚有点犹疑。许亮便取出一百银子交给他，说：“我不怕你跑掉，你先拿去，何如？倘不愿意，就扯倒罢休。”王二沉吟了一晌，到底舍不得银子，就答应了。老残取笔照样写好，令王二先取银子，然后将笔据念给他听，令他画个十字，打个手模。你想，乡下挑水的几时见过两只大元宝呢，自然欢欢喜喜的打了手印。

许亮又告诉老残：“探听切实，吴二浪子现在省城。”老残说：“然则我们进省罢。你先找个眼线，好物色他去。”许亮答应着“是”，说：“老爷，我们省里见罢。”

次日，老残先到齐河县，把大概情形告知子谨，随即进省。赏了车夫几两银子，打发回去。当晚告知姚云翁，请他转禀宫保，并饬历城县派两个差人来，以备协同许亮。

次日晚间，许亮来禀：“已经查得。吴二浪子现同按察司街南胡同里张家土娼，叫小银子的打得火热。白日里同些不三不四的人赌钱，夜间就住在小银子家。”老残问道：“这小银子家还是一个人，还是有几个人？共有几间房子？你查明了没有？”许亮回道：“这家共姊妹两个，住了三间房子。西厢两间是她爹妈住的。东厢两间：一间做厨房，一间就是大门。”老残听了，点点头，说：“此人切不可造次动手。案情太大，他断不肯轻易承认。只王二一个证据，镇不住他。”于是向许亮耳边说了一番详细办法，无非是如此如此，这般这般。

许亮去后，姚云松来函云：“宫保酷愿一见，请明日午刻到文案为要。”老残写了回书，次日上院，先到文案姚公书房；姚公着家人通知宫保的家人，过了一刻，请入签押房内相会。庄宫保已迎至门口，迎入屋内，老残长揖坐下。

老残说：“前次有负宫保雅意，实因有点私事，不得不去。想宫保必能原谅。”宫保说：“前日捧读大札，不料玉守残酷如此，实是兄弟之罪，将来总当设法。但目下不敢出尔反尔，似非对君父之道。”老残说：“救民即所以报君，似乎也无所谓不可。”宫保默然。又谈了半点钟功夫，端茶告退。

却说许亮奉了老残的擘①画，就到这土娼家，认识了小金子，同嫖共赌。几日工夫，同吴二扰得水乳交融。初起，许亮输了四五百银子给吴二浪子，都是现银。吴二浪子直拿许亮当做个老

---

① 擘（bò）画——即筹划。

土。谁知后来渐渐地被他捞回去了，倒赢了吴二浪子七八百银子，付了一二百两现银，其余全是欠账。

一日，吴二浪子推牌九，输给别人三百多银子，又输给许亮二百多两，带来的钱早已尽了，当场要钱。吴二浪子说："再赌一场，一统算账。"大家不答应，说："你眼前输的还拿不出，若再输了，更拿不出。"吴二浪子发急道："我家里有的是钱，从来没有赖过人的账。银子成总了，我差人回家取去！"众人只是摇头。

许亮出来说道："吴二哥，我想这么办法，你几时能还？我借给你。但是我这银子，三日内有个要紧用处，你可别误了我的事。"吴二浪子急于要赌，连忙说："万不会误的！"许亮就点了五百两票子给他，扣去自己赢的二百多，还余二百多两。

吴二看仍不够还账，就央告许亮道："大哥，大哥！你再借我五百，我翻过本来立刻还你。"许亮问："若翻不过来呢？"吴二说："明天也一准还你。"许亮说："口说无凭，除非你立个明天期的期票。"吴二说："行，行，行！"当时找了笔，写了笔据，交给许亮。又点了五百两银子，还了三百多的前账，还剩四百多银子，有钱胆就壮，说："我上去推一庄！"见面连赢了两条，甚为得意。哪知风头好，人家都缩了注子；心里一恨，那牌就倒下霉来了，越推越输，越输越气，不消半个更头，四百多银子又输得精光。

座中有个姓陶的，人都喊他陶三胖子。陶三说："我上去推一庄。"这时吴二已没了本钱，干看着别人打。陶三上去，

第一条拿了个一点，赔了个通庄；第二条拿了个八点，天门是地之八，上下庄是九点，又赔了一个通庄。看看比吴二的庄还要倒霉。吴二实在急得直跳，又央告许亮：“好哥哥！好亲哥哥！好亲爷！你再借给我二百银子罢！”许亮又借给他二百银子。

吴二就打了一百银子的天上角①，一百银子的通②。许亮说：“兄弟，少打点罢。”吴二说：“不要紧的！”翻过牌来，庄家却是一个毙十。吴二得了二百银子，非常欢喜，原注不动。第四条，庄家赔了天门、下庄，吃了上庄，吴二的二百银子不输不赢，换第二方，头一条，庄家拿了个天杠，通吃，吴二还剩二百银子。

哪知从此庄家大焮③起来，不但吴二早已输尽，就连许亮也输光了。许亮大怒，拿出吴二的笔据来往桌上一搁，说：“天门孤丁！④ 你敢推吗？”陶三说：“推倒敢推，就是不要这种取不出钱来的废纸。”许亮说：“难道吴二爷骗你，我许大爷也会骗你吗？”两人几至用武。众人劝说：“陶三爷，你赢的不少了，难道这点交情不顾吗？我们大家作保；如你赢了去，他二位不还，我

---

① 天上角——赌博中天门（庄家对面的一门）与上庄（庄家左手的一门）搭角，两门都比庄家大算赢，比庄家小算输，一门大、一门小算和。

② 通——此处指在赌博时一笔赌注押三门，以三门的全负或全胜为输赢，二门胜一门负、一门胜二门负，都算和局。

③ 焮（xìn）——烧、灼。

④ 天门孤丁——孤丁即孤注。天门孤丁，即一笔赌注独押天门一门。

们众人还！”陶三仍然不肯，说：“除非许大写上保中。”许亮气极，拿笔就写一个保，并注明实系正用情借，并非闲账。陶三方肯推出一条来，说：“许大，听你挑一副去，我总是赢你！”许亮说：“你别吹了！你掷你的倒霉骰子罢！”一掷是个七出。许亮揭过牌来是个天之九，把牌望桌上一放，说：“陶三小子！你瞧瞧你父亲的牌！”陶三看了看，也不出声，拿两张牌看了一张，那一张却慢慢的抽，嘴里喊道：“地！地！地！”一抽出来，望桌上一放，说：“许家的孙子！瞧瞧你爷爷的牌！”原来是副人地相宜的地杠。把笔据抓去，嘴里还说道：“许大！你明天没银子，我们历城县衙门里见！”当时大家钱尽，天时又有一点多钟，只好散了。

许、吴二人回到小银子家敲门进去，说：“赶紧拿饭来吃！饿坏了！”小金子房里有客坐着，就同到小银子房里去坐。小金子捱到许亮脸上，说：“大爷，今儿赢了多少钱？给我几两花罢。”许亮说：“输了一千多了！”小银子说：“二爷赢了没有？”吴二说：“更不用提了！”说着，端上饭来，是一碗鱼，一碗羊肉，两碗素菜，四个碟子，一个火锅，两壶酒。许亮说：“今天怎么这么冷？”小金子说：“今天刮了一天西北风，天阴得沉沉的，恐怕要下雪呢。”

两人闷酒一替一杯价灌，不知不觉都有了几分醉。只听门口有人叫门，又听小金子的妈张大脚出去开了门，跟着进来说：“三爷，对不住，没屋子啰，您请明儿来罢。”又听那人嚷道：“放你妈的狗屁！三爷管你有屋子没屋子！什么王八蛋的客？有胆子的快来跟三爷碰碰，没胆子的替我四个爪子一齐望外扒!”听着就是陶三胖子的声音。许亮一听，气从上出，就要跳出去，这里小金子、小银子姊妹两个拼命的抱住。未知后事如何，且听下回分解?

# 第二十回

## 浪子金银伐性斧　道人冰雪返魂香

却说小金子、小银子，拼命把许亮抱住。吴二本坐近房门，就揭开门帘一个缝儿，偷望外瞧。只见陶三已走到堂屋中间，醉醺醺的一脸酒气，把上首小金子的门帘往上一摔，有五六尺高，大踏步进去了。小金子屋里先来的那客用袖子蒙着脸，嗤溜的一声，跑出去了。张大脚跟了进去。陶三问："两个王八羔子呢?"张大脚说："三爷请坐，就来，就来。"张大脚连忙跑过来说："您二位别吱声。这陶三爷是历城县里的都头，在本县红的了不得，本官面前说一不二的，没人惹得起他。您二位可别怪，叫她们姊儿俩赶快过去罢。"许亮说："咱老子可不怕他！他敢怎么样咱?"

说着，小金子、小银子早过去了。吴二听了，心中捏一把汗，自己借据在他手里，如何是好！只听那边屋里陶三不住的哈哈大笑，说："小金子呀，爷赏你一百银子！小银子呀，爷也赏你一百银子！"听他二人说："谢三爷的赏。"又听陶三说："不用谢，这都是今儿晚上我几个孙子孝敬我的，共孝敬了三千多银子呢。我那吴二孙子还有一张笔据在爷爷手里，许大孙子做的中保，明天到晚不还，看爷爷要他们命不要！"

这许大却向吴二道：“这个东西实在可恶！然听说他武艺很高，手底下能开发五六十个人呢，我们这口闷气咽得下去吗?”吴二说：“气还是小事，明儿这一千银子笔据怎样好呢?”许大说：“我家里虽有银子，只是派人去，至少也得三天，‘远水救不着近火’！”

又听陶三嚷道：“今儿你们姐儿俩都伺候三爷，不许到别人屋里去！动一动，叫你白刀子进去，红刀子出来！”小金子道：“不瞒三爷说，我们俩今儿都有客。”只听陶三爷把桌子一拍，茶碗一摔，“哐琅”价一声响，说：“放狗屁！三爷的人，谁敢住?问他有脑袋没有？谁敢在老虎头上打苍蝇？三爷有的是孙子们孝敬的银子！预备打死一两个，花几千银子，就完事了！放你去，你去问问那两个孙子敢来不敢来！”

小金子连忙跑过来把银票给许大看，正是许大输的银票，看着更觉难堪。小银子也过来低低的说道：“大爷，二爷！您两位多抱屈，让我们姊儿俩得二百银子，我们长这么大，还没有见过整百的银子呢。你们二位都没有银子了，让我们挣两百银子，明儿买酒菜请你们二位。”许大气急了，说：“滚你的罢！”小金子道：“大爷别气！您多抱屈。您二位就在我炕上歪一宿；明天他走了，大爷到我屋里赶热被窝去。妹妹来陪二爷，好不好?”许大连连说道：“滚罢！滚罢！”小金子出了房门，嘴里还嘟哝道：“没有了银子，还做大爷呢！不害个臊！”

许大气白了脸，呆呆的坐着，歇了一刻，扯过吴二来说：“兄弟，我有一件事同你商议。我们都是齐河县人，跑到这省里，受他们这种气，真受不住！我不想活了！你想，你那一千银子还不出来，明儿被他拉到衙门里去，官儿见不着，私刑就要断送了你的命了。不如我们出去找两把刀子进来把他剁掉了，也不过是个死！你看好不好？”

吴二正在沉吟，只听对房陶三嚷道：“吴二那小子是齐河县里犯了案，逃得来的个逃凶！爷爷明儿把他解到齐河县去，看他活得成活不成！许大那小子是个帮凶，谁不知道的？两个人一路逃得来的凶犯！”许大站起来就要走。吴二浪子扯住道：“我倒有个法子，只是你得对天发个誓，我才能告诉你。”许大道：“你瞧！你多么酸呀！你倘若有好法子，我们弄死了他，主意是我出的。倘若犯了案，我是个正凶，你还是个帮凶，难道我还跟你过不去吗？”

吴二想了想，理路倒不错，加之明天一千银子一定要出乱子，只有这一个办法了，便说道：“我的亲哥！我有一种药水，给人吃了，脸上不发青紫，随你神仙也验不出毒来！”许亮诧异道：“我不信！真有这么好的事吗？”吴二道：“谁还骗你呢！”许亮道：“在哪里买？我快买去！”吴二道：“没处买！是我今年七月在泰山洼子里打从一个山里人家得来的。只是我给你，千万可别连累了我！”许亮道：“这个容易。”随即拿了张纸来写道：“许某与陶某呕气起意，将陶某害死，知道吴某有得来上好药水，人吃了立刻致命，再三央求吴某分给若干，此案与吴某毫无干涉。”写完，交给吴二，说：“倘若犯了案，你有这个凭据，就与你无干了。”

吴二看了，觉得甚为妥当。许亮说：“事不宜迟，你药水在哪里呢？我同你取去。”吴二说：“就在我枕头匣子里，存在他这里呢。”就到炕里边取出个小皮箱来，开了锁，拿出个磁瓶子来，口上用蜡封好了的。

许亮问：“你在泰山怎样得的？”吴二道：“七月里，我从垫台这条西路上的山，回来从东路回来，尽是小道。一天晚了，住了一家子小店，看他炕上有个死人，用被窝盖的好好的。我就问他们：‘怎把死人放在炕上？’那老婆子道：‘不是死人，这是我当家的。前日在山上看见一种草，香得可爱，他就采了一把回来，泡碗水喝。谁知道一喝，就仿佛是死了，我们自然哭的了不得的了。活该有救，这内山石洞里住了一个道人，叫青龙子，他那天正从这里走过，见我们哭，他来看看，说：“你老儿是啥病死的？”我就把草给他看。他拿去，笑了笑，说：“这不是毒药，名叫‘千日醉’，可以有救的。我去替你寻点解救药草来罢。你可看好了身体，别叫坏了。我再过四十九天送药来，一治就好。”算计目下也有二十多天了。’我问他：‘那草还有没有？’他就给了我一把子，我就带回来，熬成水，弄瓶子装起玩的。今日正好用着了！”

许亮道：“这水灵不灵？倘若药不倒他，我们就毁了呀。你试验过没有？”吴二说：“百发百中的。我已……”说到这里，就嗌住了。许亮问：“你已怎么样？你已试过吗？”吴二说：“不是试过，我已见那一家被药的人样子是同死的一般；若没有青龙子解救，他早已埋掉了。”

二人正在说得高兴，只见门帘子一揭，进来一个人，一手抓住了许亮，一手捺住了吴二，说："好！好！你们商议谋财害命吗?"一看，正是陶三。许亮把药水瓶子紧紧握住，就挣扎逃走，怎禁陶三气力如牛，哪里挣扎得动。吴二酒色之徒，更不必说了。只见陶三窝起嘴唇，打了两个胡哨，外面又进来两三个大汉，将许、吴二人都用绳子缚了。陶三押着解到历城县衙门口来。

陶三进去告知了稿签门上，传出话来，今日夜已深了，暂且交差看管，明日辰刻过堂，押到官饭店里。幸亏许大身边还有几两银子，拿出来打点了官人，倒也未曾吃苦。

明日早堂在花厅问案，是个发审委员。差人将三人带上堂去，委员先问原告。陶三供称："小人昨夜在土娼张家住宿，因多带了几百银子，被这许大、吴二两人看见，起意谋财，两人商议要害小人性命。适逢小人在窗外出小恭听见，进去捉住，扭禀到堂，求大老爷究办。"

委员问许大、吴二："你二人为什么要谋财害命?"许大供："小的许亮，齐河县人。陶三欺负我二人，受气不过，所以商同害他性命。吴二说，他有好药，百发百中，已经试过，很灵验的。小人们正在商议，被陶三捉住。"吴二供："监生吴省干，齐河县人。许大被陶三欺负，实与监生无干。许大决意要杀陶三，监生恐闹出事来，原为缓兵之计，告诉他有种药水，名'千日醉'，容易醉倒人的，并不害性命。实系许大起意，并有笔据在此。"从怀中取出呈堂。委员问许大："昨日你们商议时，怎样说的？从实告知，本县可以开脱你们。”许大便将昨晚的话一字不改说了一遍。委员道：“如此说来，你们也不过气愤话，那也不能就算谋杀呀。”许大磕头，说：“大老爷明见！开恩！”

委员又问吴二：“许大所说各节是否切实？”吴二说：“一字也不错的。”委员说：“这件事，你们很没有大过。”吩咐书吏照录全供，又问许大：“那瓶药水在哪里呢？”许大从怀中取出呈上。委员打开蜡封一闻，香同兰麝，微带一分酒气，大笑说道：“这种毒药，谁都愿意吃的！”就交给书吏，说：“这药水收好了。将此二人并全案分别解交齐河县去。”只此“分别”二字，许大便同吴二拆开两处了。

当晚许亮就拿了药水来见老残。老残倾出看看，色如桃花，味香气浓；用舌尖细试，有点微甜，叹道：“此种毒药怎不令人久醉呢！”将药水用玻璃漏斗仍灌入瓶内，交给许亮：“凶器人证俱全，却不怕他不认了。但是据他所说的情形，似乎这十三个人并不是死，仍有复活的法子。那青龙子，我却知道，是个隐士；但行踪无定，不易觅寻。你先带着王二回去禀知贵上，这案虽经审定，不可上详。我明天就访青龙子去，如果找着此公，能把十三人救活，岂不更妙？”许亮连连答应着：“是”。

次日，历城县将吴二浪子解到齐河县。许亮同王二两人作证，自然一堂就讯服。暂且收监，也不上刑具，静听老残的消息。

却说老残次日雇了一匹驴，驮了一个被褡子，吃了早饭，就往泰山东路行去。忽然想到舜井旁边有个摆命课摊子的，招牌叫

“安贫子知命”，此人颇有点来历，不如先去问他一声，好在出南门必由之路。一路想着，早已到了安贫子的门首，牵了驴，在板凳上坐下。

彼此序了几句闲话，老残就问：“听说先生同青龙子长相往来，近来知道他云游何处吗？”安贫子道：“嗳呀！你要见他吗？有啥事体？”老残便将以上事告知安贫子。安贫子说：“太不巧了！他昨日在我这里坐了半天，说今日清晨回山去，此刻出南门怕还不到十里路呢。”老残说：“这可真不巧了！只是他回什么山？”安贫子道：“里山玄珠洞。他去年住灵岩山，因近来香客渐多，常有到他茅棚里的，所以他厌烦，搬到里山玄珠洞去了。”老残问：“玄珠洞离此地有几十里？”安贫子道：“我也没去过，听他说，大约五十里路不到点。此去一直向南，过黄芽嘴子，向西到白雪坞，再向南，就到玄珠洞了。”

老残道了“领教，谢谢”，跨上驴子，出了南门，由千佛山脚下往东，转过山坡，竟向南去。行了二十多里，有个村庄，买了点饼吃吃，打听上玄珠洞的路径。那庄家老说道：“过去不远，大道旁边就是黄芽嘴。过了黄芽嘴往西九里路便是白雪坞，再南十八里便是玄珠洞。只是这路很不好走，会走的呢，一路平坦大道；若不会走，那可就了不得了！石头七大八小，更有无穷的荆棘，一辈子也走不到的！不晓得多少人送了性命！”老残笑道：“难不成比唐僧取经还难吗？”庄家老作色道：“也差不多！”

老残一想，人家是好意，不可简慢了他，遂恭恭敬敬地道：“老先生恕我失言，还要请教先生：怎样走就容易，怎样走就难？

务求指示。”庄家老道：“这山里的路，天生成九曲珠似的，一步一曲。若一直向前，必走入荆棘丛了。却又不许有意走曲路，有意曲，便陷入深阱，永出不来了。我告诉你个诀窍罢：你这位先生颇虚心，我对你讲，眼前路，都是从过去的路生出来的：你走两步，回头看看，一定不会错了。”

老残听了，连连打恭，说：“谨领指示。”当时拜辞了庄家老，依说去走，果然不久便到了玄珠洞口，见一老者，长须过腹。进前施了一礼，口称：“道长莫非是青龙子吗？”那老者慌忙回礼，说：“先生从何处来？到此何事？”老残便将齐东村的一桩案情说了一遍，青龙子沉吟了一会，说：“也是有缘。且坐下来，慢慢地讲。”

原来这洞里并无桌椅家具，都是些大大小小的石头。青龙子与老残分宾主坐定。青龙子道：“这‘千日醉’力量很大，少吃了便醉一千日才醒，多吃就不得活了。只有一种药能解，名叫‘返魂香’，出在西岳华山太古冰雪中，也是草木精英所结。若用此香将文火慢慢的炙起来，无论你醉到怎样田地，都能复活。几月前，我因泰山坳里一个人醉死，我亲自到华山找一个故人处，讨得些来，幸儿还有些子在此。大约也敷衍够用了。”遂从石壁里取出一个大葫芦来，内中杂用物件甚多，也有一个小小瓶子，不到一寸高，递给老残。

老残倾出来看看，有点像乳香的样子，颜色黑黯①；闻了

① 黯（àn）——即阴暗。

闻，像似臭支支的。老残问道：“何以色味俱不甚佳?”青龙子道：“救命的物件，哪有好看好闻的!”老残恭敬领悟，恐有舛错，又请问如何用法。青龙子道：“将病人关在一室内，必须门窗不透一点儿风。将此香炙起，也分人体质善恶：如质善的，一点便活；如质恶的，只好慢慢价熬，终久也是要活的。”

老残道过谢，沿着原路回去。走到吃饭的小店前，天已黑透了，住得一宿，清晨回省，仍不到巳牌时分。遂上院将详细情形禀知了庄宫保，并说明带着家眷亲往齐东村去。宫保说：“宝眷去有何用处?”老残道：“这香治男人，须女人炙；治女人，须男人炙：所以非带小妾去不能应手。”宫保说：“既如此，听凭尊便。但望早去早回，不久封印①，兄弟公事稍闲，可以多领些教。”

老残答应着“是”，赏了黄家家人几两银子，带着环翠先到了齐河县，仍住在南关外店里，却到县里会着子谨，亦甚为欢喜。子谨亦告知：“吴二浪子一切情形俱已服认。许亮带去的一千银子也缴上来。接白太尊的信，叫交还魏谦。魏谦抵死不肯收，听其自行捐入善堂②了。”

---

① 封印——清朝制度，在农历十二月二十日前后三天中，选定吉日，封存官印，叫“封印”，至正月二十日前后三天中，选定吉日开封，叫“开印”。在封印期间官员休息，不处理日常公务。

② 善堂——古时的社会慈善救济机构，如孤老院、孤儿院等，统称“善堂”。

老残说："前日托许亮带来的三百银子，还阁下，收到了吗？"子谨道："岂但收到，我已经发了财了！宫保听说这事，专差送来三百两银子，我已经收了；过了两日，黄人瑞又送了代阁下还的三百两来；后来许亮来，阁下又送三百两来，共得了三份，岂不是发财吗？宫保的一份是万不能退的，人瑞同阁下的都当奉缴。"老残沉吟了一会，说道："我想人瑞也有个相契的，名叫翠花，就是同小妾一家子的。其人颇有良心，人瑞客中也颇寂寞，不如老哥竟一不做二不休，将此两款替人瑞再挥一斧罢。"子谨拍掌叫好，说："我明日要同老哥到齐东村去，奈何呢？"想了想，说："有了！"立刻叫差门来告知此事，叫他明天就办。

次日，王子谨同老残坐了两乘轿子，来到齐东村。早有地保同首事①备下了公馆。到公馆用过午饭，踏勘贾家的坟茔，不远恰有个小庙。老残选了庙里小小两间房子，命人连夜裱糊，不让透风。次日清晨，十三口棺柩都起到庙里，先打开一个长工的棺木看看，果然尸身未坏，然后放心，把十三个尸首全行取出，安放在这两间房内，焚起"返魂香"来，不到两个时辰，俱已有点声息。老残调度着，先用温汤，次用稀粥，慢慢地等他们过了七天，方遣各自送回家去。

王子谨三日前已回城去。老残各事办毕，方欲回城，这时魏谦已知前日写信给宫保的就是老残，于是魏、贾两家都来磕头，

① 首事——本来指某桩事情的发起人，此处指地方上领头管事的士绅。

苦苦挽留。两家各送了三千银子，老残丝毫不收。两家没法，只好请听戏罢，派人到省城里招呼个大戏班子来，并招呼北柱楼的厨子来，预备留老残过年。

哪知次日半夜里，老残即溜回齐河县了。到城不过天色微明，不便往县署里去，先到自己住的店里来看环翠。把堂门推开，见许明的老婆睡在外间未醒。再推开房门，望炕上一看，见被窝宽大，枕头上放着两个人头，睡得正浓呢，吃了一惊。再仔细一看，原来就是翠花。不便惊动，退出房门，将许明的老婆唤醒。自己却无处安身，跑到院子里徘徊徘徊。见西上房里，家人正搬行李装车，是远处来的客，要动身的样子，就立住闲看。

只见一人出来吩咐家人说话。老残一见，大叫道："德慧生兄！从哪里来？"那人定神一看，说："不是老残哥吗？怎样在此地？"老残便将以上二十卷书述了一遍，又问："慧兄何往？"德慧生道："明年东北恐有兵事，我送家眷回扬州去。"老残说："请留一日，何如？"慧生允诺。此时二翠俱已起来洗脸，两家眷属先行会面。

巳刻，老残进县署去，知魏家一案，宫保批吴二浪子监禁三年。翠花共用了四百二十两银子，子谨还了三百银子，老残收了一百八十两，说："今日便派人送翠花进省。"子谨将详细情形写了一函。

老残回寓，派许明夫妇送翠花进省去，夜间托店家雇了长车，又把环翠的兄弟带来。老残携同环翠并她兄弟同德慧生夫妇天明开车，结伴江南去了。

却说许明夫妇送翠花到黄人瑞家，人瑞自是欢喜。拆开老残的信来一看，上写道：

愿天下有情人，都成了眷属；

是前生注定事，莫错过姻缘。



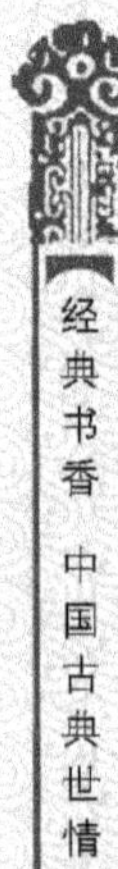